Paolo Cognetti

La felicità del lupo

狼の幸せ

飯田亮介 訳

パオロ・コニェッティ

早川書房

狼の幸せ

LA FELICITÀ DEL LUPO
by
Paolo Cognetti

Translated by
Ryosuke Iida
First published 2023 in Japan by
Hayakawa Publishing, Inc.
This book is published in Japan by
arrangement with
the Proprietor through MalaTesta Literary Agency, Milan
in association with Tuttle-Mori Agency, Inc., Tokyo.

装幀／鈴木久美
装画／植田陽貴

わたしは極地を旅するうちに、人間の夢と熱望は、風や孤独な動物たち、陽光に照らされた石だらけの荒野やツンドラと同じようにこの土地と不可分なものであると考えるようになった。そしてまた、大地そのものはそれらから完全に独立した存在である、と。

バリー・ロペス『極北の夢』（石田善彦訳、草思社、一九九三）

登場人物

ファウスト……………………主人公
バベット………………………ファウストが働く店の主人
シルヴィア……………………バベットの店で働くウェイトレス
サントルソ……………………バベットの店の常連客の男性。元森林警備隊員
ジェンマ………………………近所に住む老婆
ヴェロニカ……………………ファウストの元パートナーの女性
デュフール……………………山小屋、セッラ小屋の主人
パサン…………………………シェルパ族の山岳ガイド。愛称ドコ
アリアンナ……………………デュフールの娘

1　小さなレストラン

やりなおすための場所を求めて、ファウストがフォンターナ・フレッダに逃れてきたのは四十の時だった。辺りの山々には少年時代からなじみがあった。そもそも、その山々を離れるたびに彼の気持ちが落ち込むという事実こそは、かつて結婚直前までいった女性とのあいだに生じた問題の原因のひとつだった。いや、それが最大の原因だった可能性すらある。彼女と別れたあとはフォンターナ・フレッダに部屋を借りて、九月、十月、十一月と山道を歩き、森で薪を集め、ストーブの前で夕食をとっては、自由の喜びを味わい、孤独の悲しみを嚙みしめて過ごした。執筆だってした。いや、少なくとも書いてみようとはしていた。やがて秋が来ると、牛たちが高地牧場から下りてきて、唐松《カラマツ》の針葉が黄色くなり、そして落葉した。雪が降りだすと、ぎりぎりまで支出を切り詰めていたものの、貯金もついに尽きた。困難な一年のつけを払えと冬に迫られている気分だった。ミラノに戻れば仕事の伝手《つて》もあったが、そのためには山を下り、電話をかけまくり、元パートナーとのあいだに残された諸々の問題を解決せねばならない。ところがある晩、ほとんど観念したころになって、彼は一杯のワインを前に自分の悩みを打ち明ける機会を得た。場所はフォンターナ・フレッダ唯一の社交場だった。

いつものようにカウンターの向こうに立つバベットは、彼の気持ちをよく理解してくれた。彼女にしても過去に町から移り住んできた人間で、都会人らしい言葉のアクセントも、しゃれた感じもまだ残っていた。ただし、彼女がいつ、どうしてフォンターナ・フレッダに移り住むことになったのかは謎だった。ともかく彼女はある時、オフシーズンには土木作業員と牛飼いぐらいしかやってこない土地のレストランの経営を引き継ぎ、店名を〈バベットの晩餐会〉とした。それ以来、誰もが彼女をバベットと呼ぶようになり、本名は忘れた。ファウストがそんなバベットと仲よくなったのは、イサク・ディーネセンの小説『バベットの晩餐会』を読んだことがあり、店名に隠された意味に気づいたからだ。小説に出てくるバベットという女性は革命家だが、パリ・コミューン崩壊後、難を逃れてたどり着いたノルウェーの片田舎で家政婦となる。フォンターナ・フレッダのバベットは、小説のバベットみたいに海亀のスープこそ作らなかったが、迷える若者の人生相談に乗り、実際的な解決策を探すのが好きだった。だから彼の悩みを聞き終えると、彼女はこう尋ねてきた。あんた、料理はできる？

こうしてクリスマスになっても彼はまだそこにいて、キッチンの湯気と煙のあいだで大鍋を持ち上げ、フライパンを振っていたのだった。フォンターナ・フレッダにはスキーのゲレンデもひとつあって、夏のたびに今年の冬はもう営業はよそうという話になったが、スキーシーズンが来れば、結局どうにかしてまた再開した。ふもとの分かれ道にかけた看板一枚と牧草地にいくらか降らせた人工雪とで家族連れのスキーヤーを呼び込み、年に三カ月、山男たちはチェアリフトの運転係や降雪係、圧雪車の運転手や救助隊員に変身するのだが、そんな仮装大会に今はファウストも参加しているというわけだった。コックはもうひとり、ベテランの女性がいて、たった数日で色々なコツを彼に教えてくれた。大量のサルシッチャを簡単に脂抜きする方法、差し水をしてパスタのゆで過ぎを避ける方法、フライヤーに油を継ぎ足すタイミング、ポレンタを作る時は何時間もへらでかき回し続けるなんて無駄な努力はしなくても、弱火にかけて放っておけば勝手に出来上がる、といったことだ。

ファウストはキッチンの仕事が気に入っていた。ただそのうちもうひとつ、気になる存在が出来た。キッチンにはホールに料理を差し出すための小窓があるのだが、そこから彼は、新米ウェイトレスのシルヴィアが客の注文を取ったり、料理を運んだりする姿をよく眺めるようになったのだ。いったいバベットはどこでこんな子を見つけてきたのだろう。そう思うほど、山の住民には珍しいタイプの娘だった。若くて、陽気で、身軽な旅人といった感じで、ポレンタやサルシッチャの皿を運ぶその姿を見ていると、彼女もまた、季節外れの花とか、近くの森に帰ってきたと噂される狼と同じような、時代の変化を告げるひとつの兆しに思えた。クリスマスから一月六日の公現祭まではみな働きづめだった。一日十二時間、日曜も祝日もなく働きながら、ふたりは互いの距離を縮めていった。彼女は注文のメモをコルクボードに貼りつけつつ、彼は料理が出来るたびにベルを鳴らしつつ。ふたりはよく冗談を言いあった。シェフ特製の、オリーブオイルで和えただけのパスタをふたつお願いね、と彼女が言えば、ああ、そいつはとっておきの裏メニューですよ、と彼が答えるという具合に。皿とスキーヤーが物凄いスピードで出入りを続けるので、外がもう暗いのにファウストが気づくのは、たいていキッチンで鍋を磨いている最中だった。そんな時はしばし手を止め、山のことを考えた。高みでは強い風が吹いたろうか、それとも雪が降ったろうか。森林限界を超えたあの、日差しをさえぎるものもない、広々とした高原にはどんな光が差していたのだろうか。湖はどれも氷の板のようになっているのだろうか、それとも雪を被ったやわらかな窪地になっているのだろうか。彼のいる標高一八〇〇メートル付近では、冬の初めにしては妙な天気が続いており、雨だったり雪だったりして、夜にみぞれが降っても朝には雨で解けてしまった。

　そして、年末年始の祝日もすべて過ぎたある晩、キッチンの床にブラシをかけ終え、乾かした食器を山積みにしたあとで、ファウストはエプロンを外し、一杯ひっかけようとキッチンを出た。店のカウンター席、すなわちバールのコーナーにはその時間になるとのんびりした空気が漂い、気楽なセルフサービス状態になるのが常だった。バベットは何かBGMをかけ、グラッパのボトルを一本、カウンターに置きっぱなしにする。するとそこへ圧雪車乗りたちがゲレンデを上下する合間におしゃべりの相手を求めてやってくるのだ。スキーヤーの残したでこぼこをならしたり、ゲレンデのふもとにかき寄せられた雪を上に戻したり、凍った雪があれば砕いてまた滑らかにしたりして、何時間も闇のなか、キャタピラを履いた車に乗り続けるのが彼らの仕事だった。シルヴィアはキッチンの真上の小部屋に寝泊まりしていた。十一時ごろ、バールにいたファウストは、頭にタオルを巻いた彼女が部屋から下りてきて、ストーブのそばに椅子を引き寄せ、そこで暖まりながら分厚い本を読みだすのを目撃した。シャワーを浴びたばかりなんだな。そう思って彼はどきりとした。

ただし耳では、誰もがサントルソと、有名な聖人《サント》か蒸溜酒のメーカーのようなあだ名で呼ぶ圧雪車乗りの男の話を聞いていた。サントルソはファウストにライチョウ狩りと雪の話をしているところだった。今年は本格的な雪がまだ降っていない、ライチョウの巣を厳しい寒さから守るためには雪が欠かせない、雪がなければライチョウもクロライチョウも何かと大変だ……。ファウストはそんなふうに自分の知らないことをあれこれ学ぶのが好きなたちだったが、愛しのウェイトレスから目を離すつもりもなかった。そのうちシルヴィアは頭のタオルを取ると、髪をストーブに近づけ、指で梳きだした。アジアの女性のように黒く、長く、まっすぐな髪だ。そうして髪を梳く姿はとてもくつろいで見えた。視線を感じたのだろう、やがて彼女は本から目を上げ、指を髪に通したまま、ファウストにほほえみかけた。彼は飲み慣れていない少年みたいに、グラッパに喉をかっと焼かれた。そのうち圧雪車乗りはみな仕事に戻り、ババットはふたりに別れを告げ、どっちでもいいから朝一番にブリオシュをオーブンで焼くのを忘れないでよ、と言い残して、ゴミ袋を片付け、家路についた。そうして鍵もお酒も出しっぱなし、音楽もかけっぱなしで店を出るのが彼女は好きだった。主人の自分がいないあいだもレストランが、ノルウェーの氷の世界にぽつんと出来た小さなパリ・コミューンのように、みんなの友情を育むというのが気に入っていた。

2　恋人たち

　その晩、彼女のほうから彼を上の部屋に誘った。彼のアプローチを待っていたら、春の雪解けまでかかっただろう。シルヴィアの狭い部屋を暖める熱源と言えば、キッチンから昇ってくる熱気だけだったので、ふたりは少々あわただしく服を脱ぐ羽目になったが、それでもファウストにとって裸でベッドに入るのは、それも、やはり裸で震える女の子と並んで入るのは、なんとも感動的で、目を瞠《みは》るべき出来事だった。同じひとりの女性と十年間つきあい、それから六カ月をひとり空しく暮らしてきた彼なのだ。だから久しぶりの客人を迎えるような気分で彼女の肉体を探った。下半身は筋肉質で、がっしりしている。太ももも立派だ。肌はすべすべで張りがある。上半身はどこも骨張っていて、胸は小さく、あばら骨と鎖骨と肘ばかり。あとは彼女のセックスがやや激しさを増した時にぶつかってきた頬骨と歯。相手の好みを理解するためにも、自分のそれを理解してもらうためにも、いくらか忍耐が必要なことなど彼はとうに忘れていた。そのかわり今の彼には、火傷の跡に切り傷だらけの両手があった。洗剤にやられて肌はざらざら、呪わしいスライサーのせいでぼろぼろになった両手だが、最後にはそんな手で彼女を愛撫することにもそれなりに慣れた。

いい香りだな。彼は言った。君はストーブのにおいがするよ。

あなたはグラッパのにおいね。

嫌かい？

ううん、好きよ。グラッパと、あとは松やにかしら？

松ぼっくりだね。グラッパに浸けるんだ。

グラッパに松ぼっくりを入れるの？

うん、這松《ハイマツ》の実だよ。七月に収穫するんだ。

ってことは、あなたは七月のにおいがするのね。

それを聞いてファウストは嬉しくなった。七月はいちばん好きな月だからだ。森は緑濃く、鬱蒼としていて、野には干し草の香りが漂い、沢は音を立てて勢いよく流れ、山はガレ場を越えた高みに最後の雪が残る季節。くっきり浮き上がった彼女の素敵な鎖骨に彼は七月のキスをした。

君の骨っていいね。

ありがとう。二十七年前から背負って歩いてるわ。

二十七年？　ずいぶん長い旅をしてきた骨なんだな。

うん、一緒に結構あちこち回ったもの。

じゃあ、たとえば十九歳の時、君の骨はどこにいた？

十九ならボローニャね。芸術学部に行ってたの。

つまり君は芸術家？

違う。少なくともそれだけはわかった。わたしは芸術家じゃないんだって。芸術より、パーティーを盛り上げるほうが得意だったな。

いかにもボローニャって話だね。お腹減ってない？

少し。

何か持ってこようか。

うん、でも早く戻ってきて。もう凍えそうだし。

わかった。

ファウストはキッチンに下り、冷蔵庫を漁った。裏手の小窓の前を通りかかった時、ゲレンデ沿いに並んで雪を撒いている人工降雪機が見えた。人工降雪機はそれぞれライトで照らされているから、フォンターナ・フレッダを見下ろす斜面は、上から下まで花火が点々と連なっているみたいだった。噴霧された水が空気に触れた途端に氷結し、輝いているのだ。夜闇のなかで人工雪の山をならしているはずのサントルソを彼は思った。パンとチーズ、オリーブのパテを持って部屋に戻り、毛布の下に入ると、シルヴィアがすぐに抱きついてきた。足がひどく冷たい。

彼は言った。続きを聞こうか。次は二十二歳のシルヴィア。

二十二歳の時は本屋で働いてた。

ボローニャで？

ううん、トレントで。トレントにリッリって友だちがいてね。彼女、ボローニャ大学を出たあと、実家に帰って本屋を開いたの。わたし、本は昔から好きだったし、そのころには大学もぜんぜん行かなくなってたから、手伝ってって言われた時、すぐに承知したわ。

それで本屋さんか。

うん、そのうち潰れちゃったけどね。でも、楽しかったな。わたし、そこで山と出会ったの。ブレンタのドロミティに。

ファウストはパンを一枚切ると、オリーブのパテを塗ってから、トーマチーズをひとかけら載せた。そして、山に「出会う」というのはどんな感じなんだろうと思った。彼はパンを彼女の唇に近づけようとして、途中で手を止めた。

それで？　今はモンテ・ローザのふもとで何をしているんだい？

山小屋を探してるの。

へえ、君も？

氷河のそばの小屋で働けたらいいなと思って。夏のあいだ、ってことだけど。どこかいいところ知らない？

うん、何軒か心当たりはある。

そのチーズ、食べたいんだけど。

トーマチーズを載せたパンをファウストが改めて近づけると、シルヴィアは口を開き、がぶりと嚙みついた。その髪に彼は顔を埋めて息を吸った。

氷河のそばの小屋か。

見つかると思う？

うん、試してみる価値はあると思うよ。

ねえ、におい嗅ぐのやめてくれない？

一月のにおいがするね。

シルヴィアは笑った。一月ってなんのにおいがするの？

一月はなんのにおいがするかって？ ストーブの煙のにおい。雪を待つ、凍てついた枯れ野のにおい。長い孤独のあとで抱きしめた裸の女の子のにおい。奇跡のにおいだ。

3　森林警備官

　サントルソは酒を飲む夜も好きなら、飲んだ翌朝も好きだった。飲み過ぎてはいけない。二日酔いで気分が悪くなるほどの深酒ではなく、目が覚めても酔いの余韻がまだ残っている程度がいい。そんな時は自然と早起きになり、散歩に出かけたくなるのが常で、しかもその散歩のあいだは、ある感覚はにぶってしまっているのに、別の感覚は妙に鋭くなる。世界が全体的にぼやけているのに、特定の細部だけ鮮明に見える感じだ。そんな細部のひとつ目が泉の水だった。家の外の泉で彼は顔を洗い、冷えた水をひと口飲んだ。「冷たい泉」を意味するフォンターナ・フレッダにはそうした泉がたくさんあって、昔はどれも家畜の水飲み場だった。夏も冬も同じ温度でほとばしる水は、山の上の氷河から地下の謎めいた道筋をたどってそこまでたどり着く。水が湧き出すのも集落が位置するのも同じ広い台地の上だが、この台地というのが、谷側は不意に途切れ、木々に覆われた標高差五百メートルの急斜面になっているのに対し、山側はずっと傾斜がなだらかで、夏の牧草地が高みまで続いている。今は高地牧場もひと気がなく静かなもので、堆肥小屋はどこもからっぽで、家畜の水飲み場として使うバスタブも草地でひっくり返っている。一面にび色の空の下、サントルソは日陰の地面にうっすらと残った雪を見て、夜のあいだにそこを通りかかった者たちの足跡があるのに気づいた。樅《モミ》の木立を行く一羽の野兎の足跡、閉ざされた牛小屋の周囲を嗅ぎ回る一匹の狐の足跡。危険を冒して舗装路まで出てきた鹿の群れの足跡は、路面の凍結防止用に撒く塩に惹かれたのだろう。狼の痕跡はまだない。秋に隣の隣の谷で見かけたという話だから、間違いなくここにもやってくるはずだ。あるいはとっくに来ているのだけど、警戒し、状況を確認しているのかもしれない。雪が解けた場所では物語も途切れてしまう。中途半端にしか知らない物事と似たようなものだな。そう思った。サントルソにはひとつ、父親に教えられたルールがあり――森からはけっして手ぶらで帰るな、だ――その遵守を心がけていたので、今朝は西洋杜松《ネズ》の実をハンティングジャケットの胸ポケットいっぱいに集めた。

今日は水曜日だからスキーヤーの数も知れているはずだった。彼はレストランに立ち寄ってみたが、バベットはまだおらず、いたのは新米コックだけだった。いや、あいつは本物のコックじゃないな。似非《えせ》コックはキッチンで静かに働いていたが、ドアの開く音を聞くなり、バールに出てきて、サントルソに挨拶をした。

コーヒーかい？　似非コックは尋ねてきた。

お前、ファウストっていうんだろ？　サントルソは言った。いや、ファウスか。

ファウス？

方言で偽物って意味だ。似非のコックだからな。

コックはいかにも嬉しそうに笑った。そしてエスプレッソマシンのフィルターにコーヒー粉を詰めると、ホルダーを本体に装着してから言った。そのあだ名、僕にぴったりだよ。

雪になりそうだぞ、ファウス。

やっとだね。

そこへババベットがパンの入った大きな紙袋と新聞を抱えてやってきた。彼女は新聞はバールに残し、パンをキッチンに運んだ。彼女のあとから、近所に住む牛飼いの老人が入ってきた。いい時間だった。スキー客の到着にはまだ早い、朝の八時から九時にかけては、フォンターナ・フレッダの老人衆がババベットの店に次々に顔を出す。そして、干し草や牛乳の出来について、薪の蓄えについて、バルコニーの高さまで積もるのが普通だった昔の雪について、口々に話すのだ。ファウストは自分のためにもコーヒーを淹れると、ババベットとカウンターを交替した。サントルソは彼女を見やり、あごをしゃくった。それはふたりだけに通じる仕草だった。彼女はため息をつき、ブランデーのボトルを取ると、彼のデミタスカップにほんの少しだけ注いだ。

それで、狼は来たのかね？　牛飼いの老人が尋ねてきた。

来るといいんだがな。サントルソは答えた。俺は大歓迎さ。

言っておくが、畜生どもがうちの牛にちょっとでも傷を付けたら、銃をぶっ放すからな。

いいぞ、その意気だ。

嘘だと思ってるんだろう？

いや、そんなことはない。

その時はどうする？　俺を逮捕するか？

俺があんたを？　こちとらとっくに除隊の身だ。もう逮捕なんてしないさ。

その時、あの娘も下りてきた。新米ウェイトレスだ。娘はカウンターの下から腰エプロンを出して巻いた。水道の水をグラスにくみ、ひと息に飲み干すと、もう一杯くんだ。えらく喉が渇いてたんだな。サントルソは思った。

ファウストが尋ねてきた。除隊って、どういうこと？

俺は森林警備隊にいたんだ。

森林警備隊？　だってあんた、ハンターだろう？

ハンターが森林警備官をやっちゃいけないって法はないさ。

驚いたね。

娘はトレーにグラスを積めるだけ積むと、テーブルに並べだした。ファウストの横を通りがかった彼女がその手にそっと触れるのを目撃して、サントルソは嫌なものを見たと思った。人間界の出来事が彼は苦手だった。狼や狐、ライチョウの世界のほうがずっといい。ポレンタの用意をしなきゃ。ファウストは言った。

お前、うまい隠れ家を見つけたもんだな。

まあね。

またな《オルヴォワール》。

サントルソはコーヒーを飲み終え、コインを一枚カウンターに置くと、ババベットに別れを告げた。ただし彼女は既に別の客の相手をしていた。牛飼いの老人には会釈ひとつしてやらなかった。外に出ると彼は大きく息を吸い、思った。昨日の夜、誰かこの店で乳繰りあったやつがいるな。続けてこう思った。なんていいにおいだろう。この香りは雪が降る前触れだぞ。コーヒーとブランデーの余韻を味わいつつ、彼は煙草に火を点けた。そして、今朝は何をしようかと考えだした。

4 雪崩

今度こそ本格的に雪が降りだした。雪は二日ほどで畑を覆い、薪置き場を覆い、堆肥の山を覆い、鶏小屋を覆った。厚みのある湿った雪で、一月の雪らしくない上に、横殴りの風まで一緒に吹いて、木々の幹と〈バベットの晩餐会〉のテラス席のテーブルに雪を貼りつけた。誰かが指図をするということがあまりない店なので、入口のドアの脇にはスコップが一本立てかけてある。日曜の午後三時、シルヴィアがそれを思い出し、表に出て、小さなテラスの雪かきをした。

フォンターナ・フレッダの変貌に彼女は驚いていた。十二月にたどり着いた時は、普通より野性味があって木が多いだけだと思っていた田舎の風景が、一夜にして北極圏の風景に様変わりしたからだ。道路を眺めれば、停まっていた自動車がどれも不慣れな様子で幾度もハンドルを切り、何度も軽くスリップして出発してゆく。スキー板をかつぎ、ぎこちない足取りでゲレンデから戻ってくる人々もいる。シルヴィアが育った地域ではあまり雪は降らなかった。だから、自分の母親はこんな風景を見たことがあったのだろうかと思った。ママだったら気に入ってくれただろうか。平気で見ていただろうか。それとも怖がったろうか。除雪車がやってきて、店の後ろのカーブまで道路の雪を取り除き、そこに高さ二メートルはある雪の山を作った。除雪車がUターンをした時、シルヴィアは不意に理解した。冬のあいだは、あの雪の山が文明社会の境界線となり、その向こうに広がる白い世界に行きたければ、自分の責任で、危険を覚悟の上で行かねばならないのだ。そこがどんな場所なのか彼女は見てみたくなった。スキー場のゲレンデよりも、その整備されていない無垢な雪に惹かれた。

バールでは、バベットが特製ホットチョコレートを出すおやつの時間だった。彼女にはシルヴィアに少し母親を思い出させるところがあった。たとえば、ホットチョコレートを作るのが上手なところや、嫌な顔ひとつせずに汚れたカップを片づけるところもよく似ている。シルヴィアはテーブルを回り、スキー客とその子どもたちのあいだをすり抜け、カップをトレーいっぱいに積むと、グラスとカップ専用の食器洗浄機に入れた。洗浄が終わると、濡れたカップはエスプレッソマシンの上に並べて乾かした。

外の天気はどう？　バベットに訊かれた。見れば、ホイップクリームのスプレー缶を何度も振って、なんとか中身を絞り出そうとしている。

雪はやんだわ。道路もきれいになったし。

あんた、雪は好き？

まだよくわかんない。バベットは？

もうどうってことなくなっちゃった。雪は飯の種だし。まあ、あたしったらなんて下品な口を利くんだろ。

そのクリーム、空なの？

そうみたい。

新しいの持ってくるね。

キッチンに入ると、ひとつしかない小窓が結露してびっしょり濡れていた。ベテランのコックはクレープメーカーの前に陣取り、ファウストは食器洗浄機のところで昼食の食器を片づけている。額に汗を浮かべ、彼はほほえんでくれた。そんなふうに食器洗浄機の立てる湯気に包まれ、汚れた皿の山に囲まれていても、彼のどこか超然とした雰囲気に変わりはなかった。僕はさっき山から下りてきたところで、今はちょっとここで手伝っているだけですよ、とでも言いたげだ。

シェフ、暑くない？

まるでサウナだよ。

ビール飲む？

いいね。

シルヴィアは新しいホイップクリームのスプレー缶をバールに持っていくと、冷えたビールのジョッキを手に戻ってきた。ファウストは食器洗浄機をスタートさせ、ジョッキを受け取ると、ぐっとあおった。そして彼がひげの泡を拭う前に、雷鳴のような音が轟いた。その音はバールのざわめきにかき消されることもなく、はっきりと聞こえた。彼女は不安になって尋ねた。

今の何？　一月なのに嵐なの？

いや、雪崩だ。

雪崩ってこんな音がするもの？

うん、場合によるけどね。二、三日雪が続くと、少し暖かくなった途端に崩れるんだ。

シルヴィアは雪崩を見てみたくなり、またテラスに出た。そして、向かいの山々を眺めた。フォンターナ・フレッダの北に見える斜面だ。すると最初の音よりは小さかったが、またあの轟音がして、岩壁で雪煙がぱっと上がった。続いて別の岩壁でも、雪煙が滝のように流れ落ちた。雪はあちこちで崩れ、ゆっくりと流れた。傾斜の強過ぎる場所や積もり過ぎた場所の雪が崩れ、山の形をなぞってジャンプしたり滑ったりしながら流れ、下のほうで落ちつくのだった。そうして一分も眺めていたら、本格的な雪崩が岩溝《ルンゼ》で発生する瞬間を目の当たりにした。まずは稲光に気づき、遅れて雷鳴も聞こえてきたが、今度の雷鳴はずんと響いて、なかなか鳴りやまなかった。不安にならずにはいられない音だ。雪の塊はずいぶんと下まで落ち、転がりながら、出くわすものをすべて巻き込んで膨れ上がり、ようやく止まった時には、山の中腹に黒い染みがぽつんと残されていた。漆喰の剝げた壁のようだった。シルヴィアは両腕で胸をぎゅっと抱くと、そのまま遠い嵐を眺め続けた。

5　風の夜

その晩、ファウストは彼女を部屋に招いた。彼の借りていた部屋は七〇年代か八〇年代の遺物で、窓には様々なレースの入ったカーテンがかかり、背もたれがハート形にくり抜かれた木の椅子もあれば、エーデルワイス柄の刺繍もあちこちにあった。その部屋は彼にふもとのスキーリフトを思い出させた。標高の低い土地でもまだ雪が降った時代に建てられたものの、今や野原に放置され、錆まみれになっているリフトだ。それでもファウストはその狭い部屋が気に入っていた。人生をやり直すための、希望にあふれ、失望のかけらもないその手の場所が彼は昔から好きなのだ。そこに彼の私物はほとんどなかった。例外は戸口の登山靴と壁の棚に並ぶ数冊の本、小型ラジオとテーブルの上のノートくらい。シルヴィアは部屋に入るなり、そのノートに目を留めた。

あなたって、書くひとなの？

時間のある時はね。

何を書いてるの？

ファウストは、何年も前に出版された自分の本を棚から取った。たいていは男女の物語だった。関係に倦んだり、裏切ったり、別れたりするふたり、あるいは別れずにいるものの、余計に互いを傷つけてしまうふたりの物語だ。かつては関心のあったそうした物語も、今の彼には誰か他人が書いた作品に思えた。シルヴィアはその小ぶりな本を表から裏から眺めた。

この本が出たころは、まだ君も本屋さんに勤めてなかったろう？

そうね。

なんにしても、じきに絶版になっちゃったんだ。

どうして？

売れなかったから。そのうち出版社も潰れちゃったし。

それからは何も書いてないの？

本は書いてない。

彼女はノートに目をやり、尋ねた。それ、読んでもいい？

僕の字が解読できるものならね。

ファウストは秋に、何度か実験をしてみたことがあった。そのノートをザックに入れて山を歩き、二、三時間登って、ぴんと来たところで足を止めると、その辺の岩に腰を下ろし、大空の下、周囲に見えるものを文章にするのだ。これは一筋縄ではいかないぞ、すぐにそう思った。演奏ジャンルを変えたミュージシャンにでもなった気がした。いや、楽器まで変えたミュージシャンかもしれない。書き留めた文章がいつか何かの形になるのかどうかはわからなかったが、作業は楽しかった。それに、いずれにせよ、男と女と恋愛について書くのはもう飽き飽きしていた。

この場面だけど。やがてシルヴィアが言った。夜の沢があって、鹿がそのほとりに水を飲みにくる場面。実際に見た光景なの？

そうだよ。僕は時々、外で寝るから。

外で寝るって、そのままごろんと？

いい寝袋を持ってるんだ。夏の終わりの儀式みたいなもんでね。そうやって野宿して、夏とお別れするんだよ。

よく書けてるわ、ここ。

そうかい？

うん、素敵。不思議な魅力があるから、書き直しちゃ駄目。

シルヴィアが僕の部屋にいる。そしてあのノートを手にしている。

少しあとで、彼らは愛を交わした。ふたりが習得しつつあり、ふたりだけのものになりつつあるやり方で。表でまた吹きだした風に恋人たちは耳を傾けた。ファウストがストーブに薪をくべに向かうと、煙突伝いに風の音がして、炎が揺らめいていた。彼はワインが一本あったのを思い出し、ボトルとグラスをふたつ持って寝室に戻った。シルヴィアはベッドのヘッドボードに背を預け、座って待っていた。素肌にじかにセーターを着込んでいる。ワインを注ぐファウストに向かって彼女は、どうして作家になったのかと尋ねてきた。

僕の人生を台無しにした犯人、誰だと思う？　ジャック・ロンドンだよ。何も僕は、自分には語るべき物語がある、なんて思っていたわけじゃないんだ。ただ、もの凄くかっこいいと思ってね。彼みたいに小説を書いて、酒を飲んで、その日暮らしをするっていうのが。いかにも作家の恋人ふうな女の子とつきあったりして。

作家の恋人ふうな女の子ってどんな子？

まあ普通じゃないよね。

彼はシルヴィアにグラスを渡すと、自分もベッドに入った。

でも、二十のころはそう思い込んでみるのも素敵だった。僕は自分の天分を追求している人間なんだって気分は実際、悪くなかったよ。

天分？

その前に僕は大学を中退していた。学校で学べることは何ひとつないって決めつけてね。それで手当たり次第に本を読んだ。そして夜になれば書いた。地下鉄のなかでも、バールでも書いた。それが天分さ。

わたし、そういう気持ちって今まで縁がないな。

本当に？

誰かのあとばかり追いかけてきたわ。それにいくらか運任せだったし。だからわたしの場合、ひとの天分を追いかけてきたのかも。

でも、この山には自分で来たんだろう？

うん、ここはそう。

ちなみに、その本が出来上がって受け取った時、僕が何をしたかわかるかい？

何をしたの？

市役所の戸籍課に行って、身分証を再発行してもらったんだ。なくしたと嘘をついてね。それで新しいやつは職業欄を「作家」にしてもらったんだ。証拠にその本まで持っていって。

シルヴィアは笑った。ファウストは遠い日々のためにグラスを干した。すると彼女が尋ねた。でも、それから作家は続けなかったのね。

そうとも言えるし、そうでないとも言える。

どういうこと？

その日暮らしはうまくなったからね。

へえ、コツを教えて。

こんな素敵な夜には悲し過ぎる話だからやめておこう。

そういうことなら、なんとなく想像つくわ。

ふたりはボトルが空になるまで飲み、おしゃべりを続けた。彼はそんなふうにシルヴィアと話しながら夜更かしをするのが、彼女と愛を交わすのとほとんど同じくらい好きだった。そうしていると、その観光客向けの貸し部屋までまともな家に思えてきて、安っぽいクリスマスの柄が入ったキルティングのふとんを被せたベッドもふたりのベッドに思えた。ふたりのナイトテーブル、ふたりのグラス、そしてシーツのあいだにはふたりの営みの残り香。

シルヴィアはもう眠そうだった。肘を突いて横になると、彼女はこんなことを言った。本屋で働いていた時ね、子ども向けの地理の本があったの。それで読んだんだけど、アルプスで千メートル登るのは、北に千キロ移動するのと同じことなんだって。

そうなの？

うん、気候がそれだけ変わる、って話よ。あとは植生とか、生息する動物の種類とか。気候って、緯度の差より標高差でずっと速く変化するんだって。だからちょっと上に登るだけでも長い旅行と同じくらいの価値があるの。

いいアイデアだ。

でしょ？　だから思ったの。これならお金がなくても簡単に世界旅行ができるぞ、って。地図帳を開いて計算してみたわ。たとえばベルリンまでの距離は千キロ、ロンドンもやっぱり千キロだった。でもね、標高千メートルまで登ったって、何もそこにロンドンやベルリンがあるってことじゃないの。ところで、アルプスの北三千キロに何があるか知ってる？

何があるんだい？

北極圏。

三千キロで？

おかしい？

いや、実際そのとおりだ。この辺の山だって氷河があるのは三千メートルからだし。ちなみに北極点ってどのくらい遠い？

五千キロ弱ってところね。

モンブランの頂上ってことか。

そういうこと。だからモンブランかモンテ・ローザのてっぺんまで登れば、北極点がどんな場所かだいたいわかるってわけ。

ファウストは笑った。シルヴィアはあくびをしている。彼は続けた。すると、フォンターナ・フレッダはどの辺になるのかな。

ここの標高は？

一八一五メートル。

そうね、デンマークとかノルウェー辺りかな。たぶんオスロくらいだと思う。

オスロ？

もう少し上かも。

うん、言えてる。世界規模の大洪水が起きたら、この辺りの谷はみんなフィヨルドになるだろうし。

フォンターナ・フレッダ・フィヨルドね。

突風にあおられ、叩きつけられた雨戸の音でふたりのゲームは中断された。雨戸を閉じようと立ち上がったファウストは、窓の外に近所の老婆の姿があるのに気づいた。手押し車を押して路地を進もうとしているが、風と雪のせいでふらついている。

ちょっと出てくる。彼は言い、セーターを頭から被ると、パンツも靴下も抜きでズボンと靴をはき、表に出た。声を張り上げて、ようやく老婆に気づいてもらえた。

やあ、ジェンマ！

こんばんは。

何をしてるの？

飼い葉を取りにいくんですよ。

ただでさえ深夜で、強風が地吹雪となり、どこかの家のバルコニーから農具か何かが落ちてきてもおかしくないというのに、老婆はごく当たり前の体で飼い葉を取りにいこうとしているのだった。八十を超えても、ジェンマは自宅の一階の家畜部屋で雌牛を一頭飼い、乳を搾り、毎年子牛を産ませていた。それでも周りに言われて、年を取るごとに雌牛の頭数は徐々に減らしてきたらしい。

ちょっと待って、手伝うから。

結構ですよ。

そう言わずにさ。こっちもいい運動になるから。

彼は手押し車を受け取ると、トタン板で出来た掘っ立て小屋まで押していった。風で木の枝が次々に折れる音が森から聞こえてくる。山積みになった干し草のブロックをふたつ降ろして積み込むと、彼は来た道を戻ってジェンマの家に向かい、軒下に手押し車を停めた。干し草のブロックをひとつ抱え、家畜部屋のドアを押し開けた途端、いまだ慣れぬあの独特な悪臭に包まれ、息をこらえた。そこは汚い裸電球ひとつで照らされた部屋で、壁のあちこちに糞尿まみれのわらがこびりつき、虫の死骸で真っ黒になった蠅取り紙が何本もぶら下がっていた。雌牛が振り向き、彼を見やった。牛の尾は細いひもで上に吊られている。床には鶏の羽が散らばっていて、兎が一羽、狭過ぎる檻《おり》に閉じこめられ、古い干し草に埋もれていた。

ほかにも何か手伝おうか。

いえいえ、ご親切にどうも。

じゃあ、おやすみ。

はい、おやすみなさい。

外に出ると彼は大きく息を吸って、悪臭を鼻から追い出し、部屋に戻った。戸口で靴を踏みならし、ソールの雪を落とす。シルヴィアはもう眠っていた。頬を枕に載せ、片手を枕の下に入れて、少し前まで彼と話していた時の姿勢のままで。長い髪はばらっと広がり、唇はワインで紫色に染まっている。僕のかわいい北極探検家さん。ファウストは服を脱ぎ、彼女の隣に横たわった。眠くはなかったので、海を想像してみた。いつの日かこの谷に押し寄せ、木と石で出来た集落の軒先まで迫る海。山小屋はどれも漁師小屋となり、光の色も変わり、潮の香りが漂う。彼がそんな空想を膨らませているあいだも、外では熾烈な北風が倦むことなくフォンターナ・フレッダ・フィヨルドに吹きつけていた。

6　倒れた森

　あの晩、彼が耳にしたのは、木の枝が折れる音だけではなかった。実は木そのものが倒れていたのだ。被害の確認に行こうと言ってサントルソが貸してくれたスキーは、ファウストの使ったことのないシール付きのスキーだった。車道の終点を示す雪の山の向こうでふたりはスキーを履いた。シールはイタリア語で「ペッリ・ディ・フォーカ」と言い、本来は「アザラシの毛皮」を指す言葉だが、現代のそれはアザラシとは名ばかりのビロードのリボンで、スキーの滑走面に貼りつけて使う。毛並みに沿った方向には滑るが、反対方向ならばグリップが利くようにする道具だ。サントルソはバインディングの固定方法と、かかとを持ち上げたままにするヒールリフトの使い方は手本を見せてくれたが、肝心の前進方法についてはひと言も費やさなかった。

　サントルソは言った。ジーンズ穿いてスキーをするやつを見るのは八〇年代以来だな。

これしかなかったんだ。

万が一、雪崩で埋まっちまったら、掘り出した連中はお前のことを年代物の死人と勘違いするだろうな。

そしてサントルソは出発した。雪は深く、踏み跡ひとつない。彼はしばらく、埋もれた道路に沿って、アイススケートでもしているみたいにすいすいと進んだ。ファウストはその動きを真似、なんとか付いていこうとしたが、スノーシューのほうがまだ速かったんじゃないか、そう思うほどに苦労した。歩幅《ストライド》が狭過ぎる上に、足を前に押し出すべきところをつい持ち上げてしまうのだ。サントルソの教え方はいかにも山男らしく、前進あるのみ、だった。やがて一本の倒木に行く手をふさがれると山男は道沿いのルートを放棄し、しゃがんでヒールリフトを上げてから、急斜面を登りだし、木立のあいだに分け入っていった。

風にやられたのは主に唐松だった。樅はずっと多く雪を被っているのにみんな耐え抜いた。赤松も何本か根こそぎなぎ倒され、雑草みたいに引っこ抜かれていたが、唐松の被害はずっと大規模だった。多くの唐松は半分の高さ、つまり地面から二、三メートルの辺りで幹をへし折られており、森はそんな傷ついた木々でいっぱいで、幹が斜めにぶら下がっていたり、雪の上に横たわっていたり、丸裸の枝が地面に突き刺さっていたりした。散乱した針葉が雪と入り混じり、折れた枝が雪と入り混じり、掘り返された土が雪と入り混じった地面は、森をひどく陰惨に見せた。野蛮人の襲撃でも受けたみたいな惨状だった。倒木をいちいち避けて歩き回るうちにサントルソはうんざりしてしまった。だからスキーを脱ぎ、雪に突き立てると、倒木の幹に腰かけた。そして、ディオ・ファウス、と毒づいた。偽の神《ディオ》、いやしない神、という意味の悪態だ。彼は煙草に火を点け、四苦八苦して登ってくるファウストを待った。

全部片づけるのにどれだけ時間がかかると思う？

どのくらいかかるの？

何年もさ。何せ谷じゅうがこのざまだ。

せめて薪にはなるんだろう？

それも怪しいもんだな。この森はまっすぐな木が一本もないんだ。最後にはきっと金を払って誰かに持っていってもらわなきゃならんだろうよ。

ファウストは言葉に詰まった。サントルソがまるで自分が暴力を振るわれたみたいに沈んでいたからだ。山男は煙草を一服してから言った。仕方がないさ、ファウス。山ってやつは狼と風の領分だからな。

森がかわいそうだね。

まあ、そもそもがたいした森じゃなかったがな。

そうなの？

この辺の唐松は俺たちの上の世代が植えた。それまでは全部、牧草地でな。でも、あまりうまく育たなかった。適当に植えりゃ育つってほど、植林は簡単じゃないさ。

じゃあ、どうすればよかったんだい？

サントルソは座っていた倒木の皮をちょっと剝いでみせた。表は灰色でごつごつしているが、なかは赤みがかった色をしている。命あるものの色だった。

俺たちがガキのころは、唐松には登っちゃいけないって教えられたもんだ。ブレンガは折れやすいからな。

ブレンガって唐松のこと？

ああ。

どの木なら登ってもいいの？

樅だ。しなやかで、なかなか折れない材だから。現に一本も折れてないだろ？　ただ、樅なんて金にならないから、誰も植えやしない。

残念だね。

唐松は硬くてずっと儲かるが、登った子どもは落とすし、風が吹けば折れちまう。やっ《ディ》てらんない《オ・ファウス》よ。

ファウストは思った。この山男には本当に驚かされる、と。少し間を置いて彼は尋ねた。

森林警備隊の仕事は好きじゃなかったの？

山で働くのは好きだったさ。

じゃあ、どうして？

森林警備隊は途中から警察の一部にされちまった。それで嫌になったんだ。

サントルソは雪で煙草の火を消した。そして、スキーからシールをひと息に剝がし、くるりと丸めると、ジャケットの懐に突っ込んでから言った。シールは温めておけ。また必要になるかもしれないからな。冷えると粘着力が落ちる。

僕は歩いて下りるつもりだよ。スキーはどこに返したらいい？

いいから、持っとけ。少し練習するといいさ。

サントルソはスキーを地面に放り出すと、履き慣れたサンダルか何かのようにさっと装着し、滑降に備えてかかとを固定して、ストックを拾った。そして、無数の倒木のあいだを縫うようにして滑りだした。辺りの眺めは悲惨だったが、新雪を滑るその姿は、見ていて実に爽快だった。

7　バベットと飛行機

寒い、きらきらと輝く季節がやってきた。かつてバベットが深く愛し、ひそかにこれぞ冬の真骨頂だと思っていた季節だ。早朝には零下十度から十五度まで冷え込み、凍った雪が足元で音を立てて割れ、遠くの峰々は輝く刃《やいば》となって紺色の空に屹立し、空の明澄なこと、パリ行きの旅客機の翼や胴体はもちろん、窓の連なりまで肉眼で確認できるほどだった。日差しにきらめきながら上空を行く飛行機が見えると、バベットは時々思うのだった。フォンターナ・フレッダは上から見分けがつくのだろうか。もしかすると今まさに、機長が機内放送でマッターホルンかモンブランが見えると乗客に伝えている最中なのかもしれない。そして乗客のなかには朝食から目を上げ、ローマとパリの中間地点で雪に覆われた谷の数々を見下ろして、おおアルプスだ、なんて思うひともいるのかもしれない。

かつての彼女は自分がフォンターナ・フレッダにいることを素直に幸せに思い、そんなぼんやりした乗客と居場所を交替するつもりなど毛頭なかった。それが今は、前ほど自信がなかった。四輪駆動車からパンの入った大きな紙袋を降ろし、新聞の束を抱えると、リフト乗り場の近くに停まっている車の台数を数えた。ゴミ回収用の箱のところまで駐車の列が続いていれば、今日の収支はとんとん。ジェンマの干し草小屋までならば、レストランは満席だ。近いうちにジェンマのところに、鶏の餌にするポレンタの残りを持っていってやらないといけない。ケーキとみかんも少し持っていこうか。パンの紙袋は抱えて歩くには重過ぎたので、雪の上を引きずり、階段も引きずり上げてから、テラス経由でキッチンに運んだ。

ファウストと日替わりメニューを決め、内輪で「作業員メニュー」と呼んでいる、スキーリフト関係者のためのランチメニューを決めた。十二人分、ひとり十ユーロで、内容は一皿目《プリモ》と二皿目《セコンド》とつけ合わせ、パンとコーヒー付きだ。ファウストは作業員たちが同じものばかり食べたがるのがまだ納得いかぬらしい。

今日はつけ合わせをズッキーニにしてみたらどうかな。彼が提案してきた。

どうせあのひとたち、ズッキーニなんて味見もしないわ。もったいない。

じゃあプリモのパスタはやめて、リゾットにしたら？　ラディッキオとポロネギのリゾットなんてどうだい。

無駄よ、無駄。

いつだってパスタに肉料理にポテトにチーズの組み合わせで、肉料理をオムレツに変えただけでテーブルからは不満の声が上がった。バベットが飽き飽きしていたのは、その手のことだった。ここでは何か変化をもたらそうとしてもまず無視され、下手をすれば敵視までされる。だから結局は提案者もあきらめ、せっかくの名案を引っこめてしまう。テラスに花を植えるのも駄目、作業員メニューに野菜料理を入れるのも駄目で、劇団を呼んで芝居を観ようなんてアイデアも駄目に決まっていた。

いつもと同じ小さなテーブルに座る牛飼いの老人が口を開いた。しかし凄い風だったな。

そうね。

あんなに木をばたばた倒す《ティーラ・ジュ》風なんて、初めてさ。

雑でも手を動かす《ティーラ・ジュ》だけ風のほうがましね。

なんだって?

なんでもないわ。ただの冗談。コーヒーにする?

十一時にシルヴィアとお昼にした。ファウストは昼食をとらない。食べてしまうと料理をする気がなくなると言うのだが、バベットとシルヴィアのためには喜んでいつも独創的な料理を作ってくれた。今日は生トマトと山羊の乳のリコッタチーズに野生のタイムを和えたオレッキエッテパスタだった。まだ二月だというのに、こんなトマト、どうやって手に入れたのだろう。冬のフォンターナ・フレッダで食べる生トマトは、南国のフルーツのようなものだ。

食事のあいだシルヴィアは、ババベットがこの谷にたどり着いた時の、もはや伝説と化したエピソードを詳しく知りたがった。三十五年前の夏の話だ。この娘はその話が大好きで、まるでパンクミュージックの誕生秘話か、ベルリンの壁崩壊の物語でも聞くみたいに毎度、夢中になった。

ほらだって、とババベットは語りだした。あのころのミラノって、たいした魅力もなかったから。あたし、生まれてくるのが遅過ぎたんだよね。七〇年代は完全に終わってたし、友だちはみんなスタジアムかヘロインのことしか頭になかったし。

スタジアム？

そう。土曜はヤク打って、日曜はサン・シーロ・スタジアムでサッカーの応援、あとはたまにコンサートに行くくらい。惨めなもんよ。だから思ったの。あたし、決めた。この夏はアルプスの高地牧場に行って、牛のお乳を搾ったり、堆肥をスコップですくったりするんだ、って。

それで、そのまま町には帰らなかったのね。

結果としてはそうね。そんなつもりじゃなかったんだけど。

でも絶対、誰かいいひとがいたんでしょ？

もちろん、いたよ。

どんなひと？

ハンサムとはとても言えないね。ただ、凄く野性的だった。あたしたちの牧場にはラバが一頭いて、彼、一時間でも暇が出来るとそのラバにあたしを乗せていって、その辺の岩陰で抱きあうの。本当、寒かった。

ご両親はなんて言ってた？

かわいそうな思いをさせたわ。あたし、週に一度は山を下りて、ママに元気だって電話をかけてた。でも向こうはいつも凄い剣幕で、お前は未成年なんだから、警察を呼んで連れ帰ってもらうからね、なんて怒鳴ってさ。こっちは、もう公衆電話の専用コインがないからって、受話器を降ろすのが決まりだったな。

それで野性的な男のひとはどうなったの。

山男とつきあえばこうなるって終わり方をした。

どういうこと？

あのひとたちってみんな何か鬱憤を溜めてて、遅かれ早かれ爆発するの。たいていはお酒がきっかけね。だから悪いことは言わないから、あなたも連中と何しようが勝手だけど、結婚だけはしなさんな。

あり得ないから心配しないで。

そして正午ぴったりになると、噂の山男たちがリフト運営会社の制服に身を包んでやってきた。時間がない上に腹ぺこな彼らを五分より長く待たせるのは危険だった。シルヴィアがとりあえずパンとチーズをテーブルに運び、そのあいだにファウストはパスタをゆで、カツレツを揚げた。バベットは時おり山男たちの様子をうかがった。仕方なく水を飲み、トーマチーズを切っては、まるでチーズの味が薄いみたいに、不満げに口を動かしている。以前は彼女も彼らにワインをふるまっていたのだが、数年前からリフト運営会社のアルコールに関する内規が厳しくなってしまったのだ。最後に、リフトの到着駅で働く男が入ってきた。標高二三〇〇メートル、強烈な日差しと風にさらされる職場だ。高所の冬にやられた顔は、頬の辺りが派手に日焼けし、目の周りに深いしわが刻まれている。男はレストランのドアを勢いよく開くと、どこかの原住民のような奇声を上げた。アワワワワ、あおっちろい顔した野郎ども、待たせたな！

バベットは思わず笑ってしまった。なんだかんだ言っても、そんなふうに彼らが愛しくなる瞬間がまだあるのは事実だった。だってパリにこんな愉快な戦士たちがいるだろうか。族長が一族郎党の待つテーブルにつき、シルヴィアがパスタを出すと、スキー客も入ってきた。みんなブーツにヘルメット、つなぎのウェアという格好で、お腹を空かせた子どもたちも一緒だ。そこでバベットは会計に備え、レジの後ろに陣取った。

8
髪

ある晩、一本の電話のせいでファウストの表情に影が差した。彼はキッチンから長いこと出てこなかったが、シルヴィアは電話の相手が誰であったかも、なんの用だったかも尋ねるつもりはなかった。彼の別れた女性のことは何も知りたくなかった。

気が乗らないなら、別にほかのことをしたっていいのよ。彼女は言った。

ごめん。

いちいち謝らないで。

そんなに謝ってる？　癖になっちゃったみたいだな。

外ではまた雪が降っていたが、ファウストの部屋は薪ストーブが点いていて、毛布の下なら裸でも暖かかった。シルヴィアは足首で彼の脚を撫でた。それから、彼の体のなかでも特に好きな手を取った。手のひらに木のささくれがひとつ刺さったままになっているのを見て、彼女はそこにキスをした。

たぶん、僕は冬にうんざりしたんだと思う。

うんざりするにはまだちょっと早くない？

もう三月だよ。緑が恋しいな。釣りに行ったり、沢で泳いだりさ。

釣りなんてするの？

いや。

一緒にお風呂に入ろうか？

お湯が足りないよ。

わたしの頭だけなら洗える？　この素敵なお手々で、髪を洗ってくれない？

ファウストはその手の提案を断るようなタイプではなかったから、ベッドを出て、ズボンを穿いた。まずはストーブに薪をくべ、水を入れた鍋を温める。次に、狭い浴室に椅子をひとつ運び、背もたれにタオルを広げてからシルヴィアを座らせると、首を後ろに反らし、バスタブの上に突き出すように言った。さながら本職の美容師だった。そして髪を湯で濡らした。彼女の太く、豊かな髪は、シャンプーをすると盛大に泡が立った。

シルヴィアは言った。あのね、働ける山小屋、見つかったかもしれないんだ。

本当に？　どこの小屋？

クインティーノ・セッラっていうんだけど。

モンテ・ローザのクインティーノ・セッラだよね？

たぶん。小屋主がバベットの友だちなんだって。今朝、彼女に相談してみたの。セッラ小屋なら僕もよく知ってるよ。

そうなの？

ファウストは泡に両手の指を突っ込んで髪をこすり、ちょっと考え、またこすってから、答えた。クインティーノ・セッラ・アル・フェリク小屋、標高三五八五メートル。僕が初めて行ったのは八歳か、九歳の時だ。

フェリクって何？

氷河の名前。

八歳の子どもをそんな高いところまで連れていくの？

うん、当時はそれが普通だった。ほかにも子どもはたくさんいたよ。まずはセッラ小屋までの日帰り登山をする。もう少し大きくなると小屋に泊まって、次の日の朝にカストレを目指すんだ。

カストレ？

モンテ・ローザ山塊の頂《ピーク》のひとつだよ。標高四二二六メートル。いちばんきれいなピークのひとつでもある。

山の高さ、みんな覚えてるの？

まず忘れないね。名前とか標高とか、子どもってそういうのすぐに覚えちゃうだろう？
ファウストはシャワーヘッドをつかむと、髪をすすぎだした。だが湯がぬるくなったところで手を止めた。その部屋の電気温水器の湯量ではシルヴィアの髪には足りないのだ。それから、彼女にもらったリンスに移った。

美容師として僕は合格かい？

満点よ。カストレの話、もっと聞かせて。

頂上まではある稜線から登る。起点はフェリクの鞍部《コル》、フェリクヨッホだ。雪の稜線はところどころナイフの刃みたいに幅が細く、切り立っている。右も左も落ちたら奈落の底まで一直線で、しかも谷底には大きなクレバスがいくつも口を開いて待っているんだ。だから子どもたちはこんなふうに教えられる。前を歩く仲間が稜線の左右どっちかに落ちたら、すぐさま逆側に飛び降りろ、さもないと自分も引きずられて落ちるから、って。

本当にそんな目に遭ったことある？

遊びでならね。一度、ガイドがきちんと僕らをザイルで確保してから、試させてくれたんだ。ひとりが稜線の片方の斜面に飛び降りて、僕は反対側に飛び降りた。

なんて恐ろしい。

最高に楽しかったよ。

ファウストはキッチンに向かい、湯の入った鍋を持って帰ってきた。さあ、頭をしっかり後ろに反らせて。

これでいい？

うん。目を閉じて。

彼は鍋の左右の取っ手をしっかりとつかんで、湯を直接、ちょろちょろと注いだ。

ああ、素敵。シルヴィアは嘆声を漏らした。

はい、おしまい。北極探検家さんの髪はすっかりきれいになりました。

ありがとう、シェフ。

もうシェフじゃないよ。美容師《コワフール》だね。

じゃあ、愛しの美容師さん、どうもありがとう《アロー・メルシー・モン・コワフール》。

それからふたりはキッチンに行き、ストーブのそばに座った。ファウストはまた薪をくべ、彼女はいつものやり方で髪を乾かした。ストーブの扉を開き、髪をひと房ずつ炎に近づけ、片方の手のひらに載せて逆の手で梳くのだ。炎に近づけるといってもほんの数秒で、焦がさぬように気をつけた。髪は湯気を立てている。

やがてファウストが語りだした。フェリクというのは昔、町の名前だったんだよ。そこへある日、ひとりのよそ者がやってきた。ところが一軒として彼を泊めようという家がなかったから、町を去る間際に男は呪いをかけたんだ。こんな最低な町は、明日も、明後日も、そのあともずっと大雪が続いて埋まってしまえ、ってね。だから今は、かつて町のあった場所にフェリク氷河があるんだって。

いい気味ね。ファウストはしばらく行ってないの？

二十五年は経つかな。

小屋で働くことになったら、会いにきてくれる？

もちろん。ちょっと待って、地図を見せるよ。

ファウストは縮尺二万五千分の一の地図を引っ張り出して、床に広げた。セッラ小屋は地図で言えば上のほう、モンテ・ローザの三つの大きな氷河の下にあった。氷河にはそれぞれ、ヴェッラ氷河、フェリク氷河、リス氷河という名前が付いている。山小屋は小さなふたつの黒い正方形の記号で示されていた。

どうしてふたつあるの？

片方は古い小屋で、新しい小屋の隣にそのまま残されているんだ。

古いってどのくらい古いの？

十九世紀かな。もっと前に建て替えられた可能性もあるけど、僕は知らない。どこの小屋も何度も火事に遭ったり、雷が落ちて焼けたり、雪崩で潰れたりしているからね。誰かがドアを閉め忘れたせいで風に吹き飛ばされた避難小屋まであるんだよ。春に戻ったら、小屋がなくなっていたんだって。

本当の話？

親父がよくそういう話をしてくれたんだ。

登山家だったの？

まあ、日曜登山家だけどね。

ファウストはそう言って笑った。氷河と山小屋の話をするうちに、例の電話のことは頭から消えていた。彼は地図を改めて眺め、セッラ小屋とは反対の、地図の下の端に、フォンターナ・フレッダも載っているのに気づいた。地図の縦幅が一メートルであるとすれば、小屋とフォンターナ・フレッダの直線距離は二十キロ程度ということになる。ひとつアイデアが浮かんだが、それはまたあとでよく考えてみることにして、彼はシルヴィアにセッラ小屋までの登山ルートを指し示した。炎が彼女の黒い髪のあいだでちらつき、地図の氷河は白と水色の二色塗りで、細かい木目のような青い縞模様が入っている。

9　圧雪車とライチョウ

サントルソの冬は三月のある土曜日に終わった。夕暮れ時だった。昼食のあとで珍しく昼寝をし、かえって疲れて目が覚めた。気だるかった。五時にガレージに着き、圧雪車に軽油を満タンに入れた。ゲレンデでは、のんびり屋の、午後を愛するスキーヤーたちが、べた雪の斜面に最後のシュプールを描いているところだ。シーズン末ともなると、早くも正午には雪が解けだし、午後はべたべたになってしまう。彼にはそれが、元の水に戻らせてくれ、地面を濡らしながら谷を下らせてくれ、という雪の哀願にも思えた。やがて無人のチェアリフトが停止した。彼は圧雪車の運転席に乗り込み、暖房に感謝し、クッションの効いたシートに感謝し、背中をマッサージしてくれるエンジンの振動に感謝した。最後のスキーヤーのあとからゲレンデパトロールが下りてきた。ポールと看板を回収し、誰も残っていないのを確認しつつ、コースを閉鎖する係だ。そこでサントルソは、後ろの圧雪車に乗った同僚に無線でひと声かけると、キャタピラを動かす二本の操縦桿を倒して出発した。ゲレンデの下のほうは雪面が穴だらけで、黒と白の斑模様だ。これからシーズンが終わるまでの数週間、彼の仕事は継ぎを当てたり、縫い直したりに終始するはずだった。要するに、別のどこかから持ってきた雪で雪面の穴をふさぐ作業だ。そうして復活祭の連休を無事乗り越えたら、あとは雪がどうなろうと知ったことではなかった。

とはいえ、サントルソはこの仕事が気に入っていた。山でひとり気ままに働き、夜の帳《とばり》が下りる様子を眺めていられるのがいい。唐松の木立の長い影のなか、沈みかけた夕陽を浴びて、愛車を進めた。すれ違ったのはただひとり、シールを付けたスキーでゲレンデの脇を登っていくファウストだけだった。ゲレンデパトロールも目をつぶったのだろう。つまるところあれこそは、来る日も来る日も飽きることなく彼のためにパスタを作ってくれる男なのだから。最後に見た時よりずいぶん練習をしたらしく、それほど悪くない登り方だった。ただし、相変わらずジーンズとチェックのシャツといういでたちで、スキーヤーというより樵《きこり》っぽい。二台の圧雪車に追い越されると、ファウストは片手のストックを振って挨拶をよこした。

ありゃ誰だ？　二台目の同僚が無線で訊いてきた。

ババベットのとこのコックさ。

傑作だな。

それから彼と同僚はコースの分岐点で別れた。バックミラーに誰の姿も見えなくなったのを確認すると、サントルソは煙草に火を点け、音楽をかけた。リフトの到着駅を過ぎると、Uターン用の区間へと進み、雪面から突き出た岩のかたわらで車を停めた。そこまで登ると、雪もまだ深くて、よく締まっている。この雪で下のほうの穴を埋めるのだ。でもその前に彼は双眼鏡をつかみ、運転席のドアを開け、キャタピラに腰かけて、森の外れにじっと見入った。

探すべき場所は見当がついていた。そして今晩、彼はとうとう見つけた。二羽の立派な雄のクロライチョウが黒い体を白い雪に浮かび上がらせ、決闘の真っ最中だ。クロライチョウには同じ場所で闘う習性があり、毎年、おなじみの闘技場に帰ってくるのだ。姿を見せるのは夕暮れ時、日はとうに稜線の向こうに沈んだが、まだ辺りは完全に暗くなっておらず、フランス人が「犬と狼のあいだ《アントル・シャン・エ・ルー》」と呼ぶ時間帯だ。サントルソはその言い回しが好きだった。犬だか狼だか見分けのつかぬ時刻、つまり、夕闇と夜闇の狭間にクロライチョウは出てきて、鉤爪からくちばしから翼から、武器となり得るものはすべて使って、滅茶苦茶にやりあう。繁殖期の初めは特に興奮しているから、圧雪車が停まっていようが、双眼鏡でのぞく人間がいようが、ロックンロールがかかっていようが、まるでお構いなしだった。サントルソは二羽の美しい真っ赤な眉にみとれ、威嚇のために膨らんだ羽根にみとれた。どこかで雌鳥たちも勝者を待っているはずだ。雪があろうがなかろうが、彼にとっては昔からそれが春の始まりだった。

10 ガソリンスタンド

動物たちが恋の季節の幕開けを迎えていたのに対し、ふたりのそれは終わりか、中休みを迎えようとしていた。復活祭の翌日の月曜日、チェアリフトが最後の運行を終え、スキーヤーが渡り鳥みたいにフォンターナ・フレッダを出ていってしまうと、バベットも「休暇のため休業中」と書かれた札を用意した。そして、自分はとある島にバカンスに行くつもりだと宣言したが、島の名はもちろん、その島のある海の名さえ打ち明けなかった。従業員には給料をきちんと払い、ちょっと色も付け、今期の営業成績については何も言わなかった。しかし最終日には背広姿の男がやってきて、彼女とテーブルで向きあい、店の会計帳簿をめくる姿が目撃された。ファウストは借金についてはかなり詳しかったので、男に食ってかかりたい衝動にかられた。

その週の木曜日、彼はシルヴィアと出かけた。まだ営業中の店がいくつかあるトレ・ヴィッラッジまで下りた。ふたりきりで夕食に出かけるのは初めてだったから、ピザ屋のテーブルを挟み、向きあって座るのは少し気まずかった。コックとウェイトレスのエプロンも着けず、ふたりのベッドも薪ストーブも枕もグラスもなくなってしまえば、彼らは元どおり、ただの四十男と二十七歳の娘でしかなく、しかも、その行く道はまもなくふた手に分かれようとしていた。

それで、春が来たらどこへ行くつもり？　彼は尋ねた。

まずはトレンティーノに行こうと思ってる。今は農家が忙しい時期だから。ほら、畑とか果樹園とか。

もうしばらくこっちにいるわけにはいかないのかい？　うちに泊まればいいんだし。

一応、友だちと約束しちゃったから。でも安心して、きっと帰ってくるから！

うん。

夏にはクインティーノ・セッラの仕事もあるし。

まあね。

そっちこそどうするの？

ミラノで片づけないといけない用事が少しある。そのあとはどうするかな。僕も畑でもやろうかな。

ファウストのほうは彼女へのプレゼントなんて考えてもいなかったが、シルヴィアは用意してくれていた。葛飾北斎の『富嶽三十六景』の画集だ。ファウストは日本のことも美術史もよく知らず、『三十六景』にしてもいちばん有名な一点を見たことがあるだけで、それだって、きちんと鑑賞したことはなかった。だから、その作品のタイトルが『神奈川沖浪裏』であることも初めて知った。よく見れば、例の巨大な波は三艘の小さな漁船を今にも飲み込もうとしており、泡立つ波頭の下、絵の中心には、雪を被ったちっぽけな火山が描かれていた。富士山だ。山のじっと動かぬさまと、手前の波の激しい動きのコントラストが鮮やかだった。

ページをめくりながら彼は尋ねた。これってどういう本なの？

一八三〇年ごろの作品よ。シルヴィアは答えた。日本ではすぐに大人気になった版画で、庶民が家の壁に飾っていたんだって。どれも富士山の見える風景が描かれているんだけど、本当のテーマはその手前に描かれた日々の暮らしなの。人々の仕事と移り変わる四季。少なくともわたしはそう考えてる、ってことだけど。

とても現代的な作風だね。

そうなの。印象派の画家たちもずいぶん影響されたんだって。

北斎ってどんな画家だったの？

こういう絵を何千枚と描いたらしいわ。今で言う漫画家みたいな感じで、とにかく仕事の虫で。作品には「画狂老人」なんてサインまでしたそうよ。

画狂老人!

三十六景にはいずれも、描かれた土地の名前と情景を説明する言葉とで構成されたタイトルが付いていた。登場人物は農民であったり、漁師であったり、大工であったり、何かの職人であったりしたが、とにかくみんな仕事中で、たいていの場合、自分たちを見つめる富士のことは、それが頭上にのしかかる巨大な山容であれ、はるか遠くにちょこんと見える姿であれ、気にも留めていない様子だった。美しく装った女たちが茶屋の縁台で富士を指差している絵もあった。画集の最後に掲載された作品は富士だけを描いたもので、山がページ一面を埋めていた。

でも、コックもウェイトレスもここにはいないね。ファウストが言った。

そう?

恋人たちもいない。

でも、本当はいるって、わたしたちが知っていればそれでいいじゃない?

最高のプレゼントだよ。ありがとう。

ふたりで過ごす最後の晩だったので、フォンターナ・フレッダにはまだ帰らず、その辺のバールでもう少し飲んでいこうということになった。観光客向けのバールはどこも閑古鳥が鳴いていて、見ているだけでわびしい気分になったが、一軒よさそうな店が見つかった。ガソリンスタンドの大屋根の下にある店で、山男たちがスキーシーズンの終わりを祝っていたのだ。会社の制服よさらば、懐は最後の月給で暖かく、これから六カ月は血中アルコール濃度テストもやらずに済むぞ、というわけだ。この上なく陽気な雰囲気に染まり、シルヴィアがテーブルのあいだで踊りだした。その姿を見てファウストは、いつか彼女が言っていた「パーティーを盛り上げるほうが得意だった」という言葉の意味を理解した。彼女がネイティヴアメリカンの娘みたいな髪を右へ左へと揺らせば、男たちは口笛を吹き鳴らし、店内の誰もが注目した。注文した覚えのないビールが二杯届いたので、ファウストは誰のおごりかと見回した。するとカウンター席の男がにやにやしながらグラスを掲げてみせた。

戻ってきた彼女にファウストは言った。ああ、おしまいだ。

どうして？

これから客がひとりずつ、全員にビールをおごるからさ。君のせいだぞ。意識を失う前にお別れを言わせてくれ。

シルヴィアはビールをひと口飲むと、彼の顔を両手で挟み、キスをしてきた。汗まみれだ。踊ったのと注目を浴びたのとで興奮し、早くも少し酔っているらしい。

彼女は言った。でもわたしたちはおしまいじゃないでしょ？

違うのかい？

違うわ。

越冬のための短いつきあいなのかと思ってたよ。

どういう意味？

暖かい場所で冬をやり過ごしたかっただけじゃなかったの、ってことさ。

彼女は眉をひそめた。そして意地悪な返事のおしおきに、彼のひげを引っ張ってから言い返した。あなた、ずっとひとりぼっちで山にいたら、わたしのことなんて嫌いになっちゃうんじゃないの？

ひとりぼっちなもんか。見ろよ、こんなにたくさん仲間がいるだろう？

ふざけないで。

だいじょうぶだよ。約束する。

もう帰る？

あと一曲踊ったらいい。踊る君もなかなかいいよ。

音楽は小さなバールの外まで漏れ聞こえており、表では煙草を吸う者もあれば、給油のために車を停める者もいた。後者のなかには店が盛り上がっているのを見て、一杯ひっかけに入る者もいた。家々の背後では森が斜面を登り、黒一色の塊となって、高原の始まる標高まで続き、そして高原では雪面が月明かりに輝いていた。

11　からっぽの家

ついに行動を決意した四月のある朝、ファウストは車で出発した。早朝で、太陽もまだフィネストラ峠の向こうから顔を出していない。既にところどころ雪が解けて牧草があらわになっているが、それは古い草で、色も灰色っぽくて、白い風景のなかでは汚らしかった。住人たちが家の外に投げ捨てる薪ストーブの灰や、またにおいだした堆肥の山と同じだ。少し下ると、同じ古い草を焼いた黒焦げの牧草地が連なっていた。ひと冬をずっと山で過ごしたあとで、そうして谷を下っていくのは、なんとも新鮮な体験だった。早くもトレ・ヴィッラッジの高さで雪はほぼ残っておらず、標高が千メートルを切ると牧草が色づいてきた。山では樅と唐松ばかりだった森は、樺に衝羽根樫《ツクバネガシ》に楓《カエデ》に橅《ブナ》に栗が増えて、鬱蒼と生い茂るようになり、家々も石造りからレンガ造りの瓦ぶきに変わり、ついにはコンクリート製の倉庫に変わった。高速道路の料金所では自然とカーラジオに手が伸び、八時のニュースが聞こえてきた。何もかもがいっぺんにやってきた。谷あいの平地も、高速道路も、大型トラックも、午前八時も、どうでもいいような今日のニュースも。しばらく世間と隔絶した日々を送ってきた彼だったが、外の世界への関心を失ったわけではなかった。現に、トラック運転手と通勤者に混じってコーヒーを飲みたいというそれだけの理由で、サービスエリアのバールに入ってみたりもした。高速のトリノ－ミラノ線は何キロ走ってもモンテ・ローザが横の窓に見えた。まずは田園風景と農家の向こうに、それからヒンターランドの大型スーパーや工場の上に。題して『工業地帯と朝の渋滞を見下ろす富士』といったところか。九時半にもならぬうちにミラノ市街に入った。故郷の町とアルプスの嘘みたいな近さが以前の彼は気に入っていた。喧嘩をしたあとや、ひとりになりたい時、急に思い立ち、衝動のままに山を目指したことが何度あったろう。車に乗り、二時間もすればそこはもう山だった。ところが今はこう思うのだった。僕がこれまでの人生の大半を過ごしてきたふたつの場所がもっと離れていたらよかったのに、道のりもずっと長くて、厄介で、十九世紀のイギリスの旅人たちが日記に書き残したような、汽車と馬車と田舎道からなる長旅であったらよかったのに。

信号待ちの列に並びながらファウストは思った。ああ、ひとってやつは、本当になんにでも慣れてしまうものなんだな。こんな渋滞だって、一週間もすればきっとまた慣れる。彼は自動的にバイパスに乗り、ギゾルファ橋を越えたところで下り、いつもの横道で空いている駐車スペースを見つけた。地区の広場ではペルー人の配達人が行き交い、暇そうなアラブ人たちが外席の小さなテーブルを前に座り、すらりと背の高いアフリカ人たちがコインランドリーの外で洗濯が終わるのを待っていた。人類は森に似ている。彼は思った。だって標高が下がるほど顔ぶれが多彩になるじゃないか。

彼は小ぶりな黄色い家々に囲まれた中庭に入っていった。分別ゴミの収集箱が一方の壁際に並び、自転車置き場の車輪止めが別の壁際に並んでいる。彼は鍵を出すと、ベンチと鉢植えの花に相対したドアを開けた。わびしい光景が待っているかと身構えていたら、玄関に入り、真っ先に反応したのは嗅覚だった。空き家のにおいではない。ひとの暮らす家だけが持つ、あのすぐにそれとわかる不思議なにおいがまだはっきりと漂っていた。ただし、家具はほとんど残っていない。取り外す価値もないシステムキッチンと、何年も前から捨てようと思っていたソファーがひとつ。あとは壁にポスターが何枚かと、何も載っていない壁の棚板くらいなものだ。もともと職人の工房であったために天井が高く、窓の大きな家で、往時から受け継がれた鉄製の梯子でファウストはロフトに上がった。そこにはヴェロニカが残していったゴミ袋のロールがひとつと段ボール箱の山がひとつあった。衣装だんすの彼の服にも、図書館の本にも、彼女は手を付けていなかった。彼の物は彼の物、彼女の物は彼女の物と、かつてふたりが分かちあった寝室に、恨みつらみ抜きで、きちんとふたつに分けてあった。ファウストはそんな彼女の仕事ぶりに感心した。きっちりけじめをつけたい、そういうことなのだろう。

捨てるべき物をまとめると、彼はゴミ処理場に向かい、帰りにバールに寄って、冷えたビールを二本買った。ヴェロニカは、彼が本を入れた段ボール箱を閉じているところにやってきた。家のなかにはもはやテーブルや椅子もなければ、カップもグラスも灰皿もなかったので、彼女はキッチンの台に寄りかかってビールをらっぱ飲みし、煙草の灰は流しに捨てた。彼のほうは底の抜けたおんぼろソファーに座った。挨拶は互いの頬に唇を寄せて済ませた。両頬ではなく、片頬に一度だけで、淡々としたキスだが、他人行儀なキスではなかった。以前であれば、山から戻るたび、ヴェロニカにまず服を脱ぐように言われ、まっすぐシャワーに送り込まれたものだ。キスした瞬間にそのことを思い出して、ファウストは自分が確実に漂わせているだろうにおいを恥じた。シャワーを浴びておけばよかった。

彼女が尋ねてきた。山の生活はどんな感じ？　書いてるの？

うーん、ろくに書いてないね。

冬のあいだ、ずっと何してたの？

コックさ。

コック？

小さなレストランがあってね。素敵な場所だよ。そう悪くない仕事だ。メニューは単純で、いつも同じ四品なんだ。

驚いた。

僕もさ。

確かに、料理をするのは前から好きだったもんね。

そうだね。

料理道具は持っていかなくていいの？　お気に入りの鍋とかあったじゃない？

置く場所がないんだ。君はいらない？

わたしに料理しろっていうの？　ヴェロニカはにやりとした。でも、そろそろ覚えたほうがいいかもね。そうすれば、毎晩ジャンクフードを注文しなくて済むし。

彼女はボトルからひと口飲んで、長い首を見せつけた。半年以上会っていなかったが、彼の目には美しい四十歳の女性に映った。ミラノの女たちが薄着をしだす季節だった。春に、まだ女たちがウールで身を覆っている山から下りてくるたび、ファウストは毎度そんなふうに、ミラノの女たちがさらす素肌に衝撃を受けた。むきだしの両腕、足首、ふくらはぎ、そして、生地の下にうっすらと見える体の線。ヴェロニカの体は、最近彼が慣れ親しんでいたもうひとつの体よりも成熟した魅力があり、豊満だった。それでも前よりはずいぶんと痩せている。ジャンクフードばかりだなんて嘘だろう。まともに食べていないのか、それとも誰かデートに行くような相手がいるのか。

そっちこそどうしてる？　彼は訊いた。

彼女は肩をすくめた。仕事はあるし、お給料もきちんともらえてるし。今時、それだけでもありがたいと思わないとね。

仕事のほかは？

どう答えてほしいの？　この年になって今さらこんなことになるなんて、わたし、思ってもなかったわ。

すまないと思ってるよ。

その割には、たいして助けてくれなかったじゃない？

面目ない。

あのね、あなたのお母さんから週に一度は電話がかかってくるの。知ってた？

いや、初めて知った。

でも、あのひとが八十歳なのはさすがに知ってるでしょ？

明日、会ってくるよ。

いつだって周りのことなんてお構いなしで、自分だけ幸せな脱成長ごっこに夢中なのね。

ああ、ヴェロニカ。彼女の言い分は一から十まで事実で、正しくて、反論の余地もない。だからファウストはひたすらに謝り続けた。かつて彼が何度も何度も料理を作ってあげた、あの麗しのひとに。

12　異国にて

彼女とは翌朝、また会った。場所はミラノ中心街のある事務所。大聖堂《ドゥオーモ》とアッファーリ広場の中間辺りの、なかには弁護士と会計士と公証人くらいしかいそうにない、大理石のタイルが外壁を覆うビルのひとつだ。彼が着席した楕円形の大きな机の周りには、ヴェロニカに加え、公証人と銀行員がひとりずつと、ファウストたちの家に住むことになる娘と、彼女に家を買い与えるその父親がいた。不景気の影響で売り値はふたりが家を買った時に払った額をやや下回り、しかもその大半は住宅ローンの返済に充てねばならなかった。かつてはふたりの結婚契約にも等しかったローンだ。銀行員は、なかなか終わらない公正証書の読み上げにうんざりした顔をしている。娘は早く家の鍵を手にしたくてうずうずしており、父親だけが公証人の言葉をすべてきちんと聞いていた。ヴェロニカはとにかくさっさと片づけてしまいたそうだったが、ファウストはふたりの離婚を告げる儀式の文言でも聞かされている気分だった。「ファウスト・ダルマッソ、汝はこの女をあきらめ、互いの苦楽を分かちあうことをやめ、今日まで分かちあってきた一切はその半分を取り戻し、この女とは金輪際、愛のしとねをともにせず、慈しみもせず、汝のその七面倒くさい性格からこれを解放し、死がふたりを片づけるまで、この女のことなどもう何ひとつ知るもんか、と誓いますか？」はい、誓います。彼はそう心で答え、求められるがまま書類にサインをした。そして目の前の娘の新居での生活が幸多からんことを祈り、彼女にとってあの家が大切な場所となり、人生最良の日々をそこで送らんことを祈った。書類へのサインが済むと、娘の父親は小切手入りの封筒を銀行員とヴェロニカとファウストにひとつずつ配り、ファウストは八千ユーロ強を懐に納めた。四十歳にして、車を除けば、それが彼の全財産だったから、事務所を出た時の気分は寂しくもあれば、ほっとしてもいた。

じゃあ、元気で。表で彼はヴェロニカに別れを告げた。

悲しいものね。答えた彼女は目をうるませていた。今日はどうするの？　これからすぐに山に戻るつもり？

急いじゃいないさ。その辺でコーヒーでもどうだい？

ううん、オフィスに戻るわ。ずいぶん時間かかっちゃったし。それに今さら、あなたとなんの話をしろっていうの？　じゃあね、ファウスト、さようなら。

今度は唇にキスをされた。そして彼女はきびすを返し、急ぎ足で大通りを歩きだした。

急ぐ理由もない彼は、彼女の背中を見送った。その姿はやがて柱廊の下、人波にまぎれて消えた。

　しばらくはミラノに帰ることもないだろう、そう思い、彼は少し散歩をすることにした。大聖堂の存在も忘れかけていたし、その前に広がる洗いたての石畳が敷き詰められた大きな広場の存在も忘れかけていた。広場にヴィットリオ・エマヌエレ王の騎馬像があることも、大聖堂の奇抜なゴシック様式と釣り合いを取るようにして周囲には十八世紀から十九世紀にかけて建てられた厳めしい建物が立ち並んでいることも。ふと、ヘミングウェイがミラノを舞台に書いた小説を思い出した。何度も繰り返し読んだ話だ。タイトルはなんだったっけ？　そう、『異国にて』だ。運河がまだ中心街を横切っていた時代、女性が小橋の上で焼き栗を売っていて、戦場から帰還したひとりのアメリカ兵が病院に行く途中でそれを買い求め、ポケットに熱い栗を入れて歩いていく。季節は十月か十一月。通りの店の軒先には狐と鹿がぶら下がり、寒風に毛が逆立ち、ぶらぶらと揺れている。兵士たちは病院での治療を終えると大聖堂広場を横切り、スカラ座のそばにあったカフェ・コヴァを目指す。カフェは愛国心あふれる娘たちでいっぱいだ。ファウストは冒頭の一文を思い出した。「秋になっても戦争はまだ続いていたが、僕らは二度と戦場には帰らなかった」なんと見事な書きだしだろう。あの小さな寝室でシルヴィアに読んでやりたかった。『異国にて』の朗読ならば、小説作法の講座で何年も教材に使ったからお手のものだ。講座であの作品に触れる時は必ず治癒と回復について語り、自らの苦しみを他者と共有することの意義を語り、完全な回復は不可能だとしながらも、慰めを得ることならばできると説明した。でも今は、単に一九一八年のミラノを描いた物語として思い出したかった。中心街の商店でまだ猟の獲物が売られていた時代。シルヴィアに聞かせる機会があるとしても、苦しみや治癒には触れまい。ただ、脱走については話してみてもいいかもしれない。前線ではまだ戦争が続いている。でもそんなものは誰かに任せて、僕らは焼き栗をポケットに入れて散歩に出かけ、バールで若い子たちに何か飲み物をおごる。そんなことを考えていたら、喉が渇いてきた。彼はガレリアを横切り、自分がミラノの地図をまだ覚えていたことを喜びつつ、カフェ・コヴァに到着した。現在のコヴァは小説に描かれたころとは違い、スカラ座の隣ではなく、モンテ・ナポレオーネ通りにある。ロシアの億万長者の妻たちが通うブティックの並びだ。あれはあるいは妻ではなく、愛人たちなのだろうか。彼はカウンターでシャンパンを一杯頼み、最近自分の身に起きた一連の幸運な出来事に乾杯することにした。「別れて家を売り払ったばかりの男が、朝の十時にひとりでシャンパンを飲んでいる」といったところか。バリスタはロシア人の奇妙なふるまいには慣れているらしく、なんでもない顔で彼の前にシャンパンのグラスを置いた。

13　ふもとの病院

山に戻った彼は、買い物に入った小さな店で、サントルソが事故に遭ったと聞かされた。事故の具体的な内容は店にいた誰も知らなかった。とにかく山で怪我をして、ヘリコプターで運ばれたとのことだったが、雪崩に巻き込まれたという噂も村では流れているらしい。ファウストは新聞雑誌の売店でも、バールでも尋ねてみたが、みんな噂話以上の事情は知らず、またどうしてよそ者が――オフシーズンになってもなぜか山に留まっている、この妙なコックが――首を突っ込んでくるのか理解できぬ様子だった。ミラノでの出来事の影響もあったのかもしれないが、ファウストは本気で首を突っ込んでやろうと決心した。道を問う必要はなかった。この辺でヘリコプターが離着陸する場所と言えばひとつしかないからだ。

五十キロの道のりを運転して県立病院に向かった。道路標識でもしっかり案内され、大きな駐車場があって、山のふもとに建っている新しい病院だ。到着する前に彼は、自分がサントルソのことは本名すら知らないのに気づいた。ただし病院のことならば、過去にいくつか通った時期があり、ちょっと詳しかったので、窓口で、救急で搬送されてきたおじを探しています、整形外科にいるはずです、と告げてから、フォンターナ・フレッダの住人の大半が名乗るふたつの名字の片方を挙げた。するといきなり当たりが出た。ルイージ・エラズモ・バルマという男性が、四階に入院しているという。

サントルソことルイージ・エラズモは、頭に包帯を巻いてベッドに横たわっていた。包帯は両手にも巻かれていて、こちらはボクサーのグローブのように膨らみ、上腕のなかばまで覆っている。山男は眠ってはおらず、それどころか、入口を見張っていたらしい。

お前か、驚いたな。

ルイージ！

どうしてこんなところにいる？

どうしてって、あんたの見舞いに来たのさ。

俺の見舞い？

いったい何があったんだい？

気まずい雰囲気だった。サントルソは背中に枕を当てて体を起こし、ファウストは同室の患者に目をやった。老いた男性で、かたわらには中年の女性が座っている。女性もこちらの様子をうかがっていたが、失礼だと思ったか、目をそらし、父親らしき老人の世話に戻った。

間抜けな話さ、とサントルソは答えた。スキーを片方落としちまってな、そのままにしておきゃいいのに、俺も馬鹿なもんで、わざわざ下りて取ってこようとしたんだ。それがちょっと急な場所で、岩場を下りていったら、途中で落石が始まった。

どこの岩場？

黒谷《ヴァルネーラ》は知ってるか？

もちろん。

雪崩予防柵のある尾根があるだろ？

うん。

あの斜面だ。どうってことのない場所さ。

それで岩場から落ちてこんな目に？

いや、なんとかふんばった。でもこれじゃ、落ちたほうがましだったかもな。

サントルソは包帯を巻いた両手を持ち上げるようなそぶりをしてから、病室の天井を見つめ、また口を開いた。落石の音に気づいてすぐ、岩にぎゅっとしがみついたんだ。頭は一応かばえたんだが、手はどっちも見事命中だ。

ああ。

トラクターのどでかいタイヤで轢かれたみたいだったぜ。幸い厚手の手袋はしていたが。骨折は?

何カ所折れたか忘れちまったよ。

頭はだいじょうぶなのかい?

ふん、どうせろくに役に立ったこともない頭さ。

サントルソの目にはなお事故の恐怖が浮かんでいた。覇気がなく、話すのも苦しげだ。山男のそんな姿を見るのはファウストの胸に堪えた。シーツを被り、くしゃくしゃの髪をして、無精ひげを伸ばしたサントルソ。日に焼けた首筋と真っ白で清潔な包帯。それでも当初の驚きが冷め、今は見舞いを喜んでいるようだった。あれこれ語るうちに、少し元気が出たのだろう。

こんな遠くまでよく来てくれたな。

来たものかどうか、実は迷ったんだ。でもやっぱり……あっちじゃ、何があったのか誰も知らないから。

はっ、どうせ連中は俺が死んだものと決めつけてるんだろ?

そんなところだね。

こっぴどく殴られたみたいな気分だよ。

実際、似たようなもんじゃないか。

もの凄い突風にやられたのと同じさ、ファウス。ほら覚えてるか、一緒に森に行ったよな？

でもあんたはへし折られやしなかった。立派な唐松《ブレンガ》さ。手の手術は済んだのかい？

腫れが少し引いてから、だと。

なるほどね。

ふたりはもう少しおしゃべりを続けたが、そのうち看護師がやってきてサントルソの点滴薬などを替え始めたので、ファウストはそろそろ帰ろうと思った。だから怪我人に何かほしいものはないかと尋ね、すぐにまた会いにくると約束した。サントルソはその手の優しさには不慣れだったので、礼を言うのは忘れたが、別れを告げるその顔には感動の色があった。そして、やはり戸惑いながらも感謝はしているという態度で、看護師の手当てに身をゆだねた。

ファウストは誰か医者はいないかと探し、すぐに見つけた。スポーツ好きなのか、よく日焼けした顔の六十代の男性で、単刀直入な話し方をする人物だった。ああいったひどい手の怪我ならば何度も見たことがあるそうで、工場で油圧プレスに手を挟まれると似たような状態になるとのことだった。サントルソが救助要請の電話をどうやってかけたのかは医師も不思議がり、事故のすぐあと、手が使えなくなる前にかけたのだろうと言った。実はかなりの出血もあって、サントルソはヘリコプターのなかで気を失い、今は抗生物質と血液凝固阻止剤を大量に投与しているという。手が完全に元どおりになる可能性は除外しつつも、使える状態にはしてみせると医師は約束してくれた。

医師は整形外科とは無関係な事実もファウストに伝えた。バルマさんの健康状態はひと言で言えば最悪ですな。肝臓はアルコール依存症患者のそれですし、動脈は硬化して、詰まりかけていて、虚血がいつ起きてもおかしくありません。いや、ずっとひどいことになるかもしれない。医者にかかるのも、血液検査を受けるのも相当に久しぶりのようですね。山村の住民にはありがちな話ですが。

そのうち医師は主語を単数形の「彼」から複数形の「彼ら」に切り替え、こう続けた。彼らの暮らしぶりはよくご存じでしょう。ああいう食生活を続けていると、五十歳になるころには、血管のなかは血液よりも脂肪のほうが多いくらいです。それでもあのひとたちは自分の習慣をけっして変えようとしない。それも運命だとあきらめているみたいに。

ファウストはただうなずいた。返す言葉もなかったのだ。

あのひと、本当はあなたのおじさんなんかじゃないんでしょう?

ええ。

どなたか身寄りの方は?

さあ、聞いてみないとわかりません。

そうですか。もし誰かいたら、見舞いにくるように伝えてください。この三日間であなたが初めてですよ、こうしてお話しするのは。それにいざ退院となれば、付き添いの方も必要になるでしょうし。両手にギプスじゃ、何かと大変ですから。

ええ、そうでしょうね。

病院を出たファウストは、なんとなく興味が湧いて、山岳救助隊のヘリコプターを見にいった。車だとフォンターナ・フレッダから一時間もかかったが、直線距離にすればたいしたことはない。ヘリならば五分程度で来たのではないだろうか。ヘリポートには救助隊のチームがいた。彼の知っている山岳ガイドの姿もあった。この辺では名の知れたデュフールという男で、若いころは登山家としても活躍したが、もともとモンテ・ローザで代々ガイドを務めてきた一家の出身で、例のクインティーノ・セッラ小屋も彼らが経営している。もうすぐ年金暮らしという年齢なのに、今もヘリコプターでの救助活動に参加しているのだ。向こうもファウストに気づいたようだった。一瞬、彼は勘違いをした。二十五年も経つというのに、父親に連れられて山を歩いていた少年のことをデュフールが覚えていたのではないかと思ったのだ。ところが聞こえてきたのはこんな問いかけだった。君、バベットの店のコックだろう?

そうです。

ということは、あいつの見舞いか。

バベットのコック、そうみなされてもファウストは別に残念には思わなかった。無数の人間が行き交い、ごちゃまぜになるなかで、職業のおかげで自分の顔が他人の記憶に残るというのは、真っ当な話だった。子どものころから同じ山々に通い続けてきたからでも、山を遠ざかると苦しくなるほどの山好きだからでもないのだ。

デュフールはサントルソの電話には自分が出たと教えてくれた。ふたりは相当に古くからの知り合いらしい。怪我人はベテラン山岳ガイドに現在位置、標高、視界の程度を事細かに報告し、今いる場所の様子を説明した。雪景色のなかにその姿を見出すのは難しいことではなかった。サントルソはまるで眺望でも味わうみたいに岩に腰かけ、ヘリコプターが来ると左右の腕を上に伸ばし、救助要請のサインをきちんと作った。怪我をした両手は目も当てられない状態だったそうだ。

ファウストは医師の言葉をデュフールに伝えた。ただし心臓と肝臓の話には触れず、手の怪我の話だけにした。工場のプレス機の事故で押し潰されるとちょうどあんな具合になるが、また使えるようにはしてくれるそうだ、と。

それはよかった。デュフールが言った。

しばらくは大変でしょうけどね。

ああ、そうだろうとも。

ひとつ聞いてもいいですか？

もちろん。

この冬、バベットの店で働いていた女の子がいたんです。今度、デュフールさんの小屋で働くことになったと聞いたんですが。

うん、そうだ。

よかった。

彼女、だいじょうぶだと思うかい？　一週間もしたら逃げ出すんじゃないか？

だいじょうぶですよ。あの子は逃げません。

名前はなんと言ったかな。

シルヴィアです。

そう、シルヴィアだった。君の名は？

ファウストです。

そのうち小屋に遊びにおいで、ファウスト君。

是非。

デュフールほどの人物が相手ならば、話してみたいことはいくらでもあった。セッラ小屋のことも、モンテ・ローザのことも、昔の氷河のことも、世界中で彼が見てきたであろう山々のことも。でもファウストは礼を述べるに留め、ヘリのパイロットにも挨拶をしてから、また山へと戻っていった。あの哀れな男の身内を見つけてやらないといけない。

14 無法者

そんなわけで、ちょうど番人のいない時に泥棒はフォンターナ・フレッダにやってきた。東から、フィネストラ峠を越えて、夜が明ける前に。その正体は谷から谷へとさすらう雄の一匹狼だった。狼は森に身を隠しつつ移動し、道路は必要な時だけ、しかも夜でなければ渡らなかった。この時間帯はまだ雪が凍っていて、体重をしっかり支えてくれる。だから峠までの登りも、急斜面を除き、爪跡を残さずに済んだ。小さな礼拝堂を過ぎ、昔は村境を示していた野面積みの石垣を越えると、ちょっとした高原の上に出た。辺りは日の出前の薄明に包まれている。

空気のにおいを嗅ぐと、その一帯にまつわる遠い記憶が甦った。先祖から受け継がれてきた記憶だ。彼が疑うことなく守ってきた一連の規則――常に高い場所にいろ、森のなかにいろ、移動は夜にしろ、人間の家と道路には近寄るな――と同じように。ただし、そうした規則が定められた時代とは何かが変わったらしいことにも狼は気づいていた。集落にはもう起きている人間がいるようだ。火のにおいがする。人間のにおいだ。人間の飼っている動物のにおいもする。しかし彼が、あるいは彼より前の誰かが、以前にそこから追い立てられた時に比べると、いずれの気配もずっとかすかだった。

風が向きを変え、山に優しく触れて、森の香りを届けてくれた。カモシカにアカシカ、猪のにおいがする。獲物の数は一時期に比べればずいぶんと増えた。先祖の時代であれば、丸一日待ち伏せても獲れるのはヤマネ一匹かせいぜいがアナグマ一匹くらいで、そんなものでは腹も満たされず、ひたすらに狩りを続けるしかなかった。それが今や最大の敵は退却の一方で、狼の前進を妨げる者はなく、森には獲物があふれ、狩りもずっと簡単になった。彼は鼻先を宙に向け、また風向きが変わり、新たな知らせを下の集落から運んでくるのを待った。すると、思っていたとおりの答えが届いた。先ほどの人間のにおいは残り香に過ぎず、過去にそこを通りがかりはしたが、今はいない者の痕跡でしかない。どこも荒れ放題の畑を眺め、どれも煙の出ていない煙突を眺め、狼はここもやはり廃村なのではないかと思った。似たような村を旅の途中で何度も見たことがあった。やはり敵は勢いを失ったのだ。さすがに無害になったということはないだろうが、こちらが危険を冒せる程度には弱くなった。いにしえの教えに修正を加えるべき時なのかもしれない。

狼はもうひとつ、別の感覚も味わっていた。空腹感とも狩りとも無関係なら、恐怖とも警戒心とも計算とも無関係な感覚だ。それは彼がひとつの尾根を越え、新しい谷を見下ろすたびに味わう感覚だった。ある種の興奮、アカシカやカモシカのにおいよりも魅力的なにおい。発見のにおいだ。

小さな礼拝堂は、泥棒から密猟者から密貿易商まで、ありとあらゆる無法者が通りがかるのを目撃してきた。雄狼は峠から下ってきて、硬い雪の上を音もなく軽やかに進み、開けた野を横切ると、また森に身を潜めた。

15　山男の娘

蓋を開けてみればサントルソにも身内がひとりいた。離れて暮らす実の娘で、サントルソは電話をしなかったが、彼女のほうがそのうちどうにかして父親の現状を知った。父親に電話をしてからまもなく、山男の娘はファウストにもかけてきた。声だけでは何歳だかよくわからない女性だった。より正確な情報を求められて、ファウストは見舞いに行った時のことを話し、医師の説明を彼女にも繰り返した。ただし今度は何ひとつ包み隠さずに伝えた。彼女は質問を重ねてきた。父には何か後遺症が残るのだろうか。仕事はできる状態なのか。障害年金はもらえるのだろうか。事態に対する彼女の態度は非常に合理的だった。山男の娘の言葉にはなまりらしいなまりがほとんどなかった。フォンターナ・フレッダの方言の名残は閉母音《へいぼいん》の一部くらいで、それだけは捨てきれなかったらしいが、耳のいい人間であれば山の方言のごつごつした響きに気づく、という程度だった。

父のお友だちなんですよね？

まあ、そうですね。

この冬に初めて会ったとうかがっています。

ええ、ゲレンデのレストランでコックをやっていたもので。

ママの店ね。

え？

あれはわたしの母の店です。

バベットが君のお母さん？

ええ、でもそれって母の本名じゃないですよ。

ファウストはすぐに合点した。考えてみれば当たり前じゃないか。サントルソは朝となく夜となくあの店に通い、バベットはそんな彼を実の兄弟か何かのようにあしらっていた。自分が愚かしかった。ふたりが一緒にいるところを何カ月も見てきたのに、まるで気づかなかったなんて。

娘は言った。父のこと、あまりよくご存じないみたいですね。

いや、面目ない。

でも古くからの知人は誰ひとり、見舞いなんて来てくれなかったようです。

ファウストは言葉に詰まった。若い娘にやり込められた気分だった。

いずれにしても、ありがとうございました。本当に感謝しています。明日の飛行機でそちらにうかがうつもりです。

飛行機って、どこから？

ロンドンです。

ロンドンに住んでるの？

住んでいるのはブライトン、海辺の町です。

ブライトンには留学か何かで？

いいえ、ホテルで働いています。

空港には誰か迎えに来てくれるのかな？

ええ、ご心配なく。

電話を終えたあと、ファウストは夜遅くまでサントルソの娘との会話を振り返って過ごした。夫婦だったころのサントルソとバベット。どのくらい一緒にいて、別れてもうどのくらいになるのだろう。娘は二十にはなっていそうだった。あの父親と母親の子どもなら、妙に気が強いのもうなずける。何せ革命の女闘士と山男のあいだに出来た娘だ。

ファウストとヴェロニカには子どもがいない。作ろうかどうしようか何度か話しあいにはなったが、そのたび結論は先送りとなり、結局そのままとなってしまった。子どもを作らなかったのがよかったのか悪かったのか、今となってはよくわからなかった。ふたりの関係の何かがあとに残るというのはどんな感じなのだろう。たとえばどこか遠く、それこそ海辺のホテルにでも、少し彼女に似ていて、少し僕に似た誰かがいるというのは。電話でシルヴィアに今晩の出来事を教えてやろうと思っていたが、こんな話は聞かせられないのでやっぱりやめた。今夜はやけに寂しい気分だった。シルヴィア、前になんて言ってたっけ。「わたしのことなんて嫌いになっちゃうんじゃないの？」か。急いで離れていくヴェロニカの背中を思い出した。あれは泣いているところを見られたくなかったんだろう。いったいお前はここで何をやっている？　四十にもなって馬鹿なんじゃないか？　家庭もなく、定職もなく、自分が幸せでいられる場所で生きろ、なんてくだらない理想をまだ追いかけて？　彼が誰かを嫌いになるとすれば、その相手はただひとりであり、方法だってよくわかっていた。グラスに残った酒を流しに空けると、彼はベッドに向かい、シルヴィアとの約束を守ろうとした。

16　歌の道

じゃあ、何を食えって言うんだ？　サントルソは尋ねた。
グリーンピース。インゲン豆。ヒヨコ豆。大豆。
最悪だな。
調理方法を工夫すれば、案外いけるもんだよ。
肉は？
鶏肉。
あれは肉じゃないぞ。
白身だけど肉さ。あとは魚だね。スモークサーモンとか、鱈の切り身とか。
チーズは？
チーズのことは忘れたほうがいい。

なんてこった。ディオ・ファウスト《ディオ・ファウスト》

ふたりは病院から山へ帰るところだ。ファウストが運転し、サントルソは窓から雨の朝を眺めている。山男はしばらく物思いにふけっていたが、車が故郷の谷に入ると、目に入るものすべてに意識を集中する顔になった。結局、入院は三週間続いた。こんなに長く家を離れるのは兵役の時以来だよ、と怪我人は看護師相手に軽口を叩いたそうだ。三週間のうちに春は辺りの眺めをすっかり変えた。牧草は手のひらの幅ほど伸び、果樹は花を開き、落葉樹の森は新緑がまぶしい。山々も残雪の下限が五百メートルは上になった。

やっぱり俺の谷はきれいだよ。そうだろう？　サントルソは言った。フロントガラスにぶつかる雨など目に入らぬらしい。

うん、きれいだ。

なのに、出ていくやつもいるんだからな。

よくわかんないよね。

スピードを落とせ、移牧の牛だ。

ファウストは車のスピードを落とした。目の前を道幅いっぱいに牛の群れが歩いている。五月の牧草地まで登っていくところだろう。夏よりは低い、中間の標高の牧草地で、マイエンと呼ばれている。それから一キロほどは牛の長い行列に続いてのろのろと進んだ。牛たちは雨にも無関心なら、首に下げたカウベルの音にも、周りで吠えたてて、時おり体を震わせて水を振り払う牧羊犬にも無関心だった。

ミラノなんて、何しに行ったんだ？

家を売ってきた。母親にも会った。自分の本もみんな持ってきた。

家なんて持ってたのか。

半分は元パートナーのものだったけどね。これで彼女と分かちあうものは何ひとつなくなったよ。

よかったじゃないか。

どうかな。よくわからないんだ。

で、これからどうする？　フォンターナ・フレッダに家を買うのか？

いや、家はもうたくさんだ。とりあえず仕事を探すよ。バベットはバカンス中かもしれないけど、こっちは家賃を払わなきゃならないからね。

もっともだ。

やがて牛の群れは舗装路を外れ、草地に入っていった。傘を差し、畜産業者用のエプロンを着けた大男が、車で追い越していくサントルソと挨拶を交わした。サントルソはギプスをはめた手を挙げ、相手の名を呼んだ。美男子《マルティン・イル・ベッロ》、と。彼はすれ違うあらゆるものの名をそうして呼ぶのだった。家々に集落に人々、沢に牧草地の名をひとつひとつ、すべて小声で、自分で作った祈りの文句でも唱えるように。あれは寒い穴《ボルナ・フレイダ》、あれは板石の原《プラート・デツレ・ローゼ》、あれは大岩《バルマッセ》、あれはせむし男《ルオーモ・ストルト》となくしたパンの水路《ル・デル・パーネ・ペルドゥート》。おお、トロワ・ヴィラージュのバールにいい天気《ブォン・テンポ》のやつがいるぞ……。ファウストは、ブルース・チャトウィンがオーストラリアのアボリジニについて書いた本を思い出した。なんでもアボリジニは地図のかわりに歌によって道筋を記憶するという。歌の文句には奇妙な形をした岩や、一本だけぽつんと立っている木、誰かの畑といった、旅の途中で出会うものがすべて折り込まれている。だから旅人は歌を暗記することで道筋も覚えることができるのだそうだ。サントルソは我が家までの道筋を歌い、愛する谷の歌を歌っている。ファウストは思った。自分もいつかこんな歌を歌えるようになるのだろうか。

で、酒はどうだって？

医者から何も聞いてないのかい？

ああ、俺は聞いてない。

赤ワインは食事のたびに一杯だけ飲んでいいって。ビールもたまにならＯＫだ。

飲めるだけましか。

そもそも手が使えないのにどうやって飲むつもりなんだい？

なんとかするさ。

トレ・ヴィッラッジで脇道に入り、フォンターナ・フレッダを目指して上っていくと、徐々に五月が後ずさりを始め、やがて消えた。一五〇〇メートルまで来ると、唐松はまだ丸裸のままで、牧草地のクロッカスもちらほら咲きだしたという程度で、沢の水だけが勢いよく流れていた。最後のカーブを曲がり、標高一八〇〇メートルに達すると、雨が雪に変わった。

シベリアだ、とサントルソがつぶやいた。それが彼の歌の最後の文句だった。

これでも春だって言うんだからね。

ファウストがサントルソを家の前まで送っていくと、娘が父親の帰りを待っていた。背が高く、がっしりした体格の娘で、顔つきは父親譲りでちょっと厳めしく、透きとおるように白い肌と赤毛は母親譲りだ。バベットの既に色あせた赤毛とは異なり、娘のそれは鮮やかで、ポピーの花と同じその赤は、灰色の風景のなかでよく目立った。彼女に車のドアを開けてもらい、両腕を首から吊るした格好の父親は少々苦労しながら降りた。親子が家に入る横で、ファウストは友人のために買っておいたグリーンピースの缶詰めとインゲン豆と大豆ハンバーグと冷凍物の魚を車から降ろした。

17 絵葉書

しかし春の勢いは誰にも止められなかった。解け、開き、芽生えんとする本能はそれほどまでに強烈だった。フォンターナ・フレッダの泉という泉は水を勢いよく吐き出し、水は水槽からあふれた。雪解け水の奔流は野道に溝をうがち、山の小道では地中の石をむき出しにした。太陽は段々畑の石垣を暖め、冬眠していたマムシを次々に目覚めさせていった。ファウストは交尾中の個体にも出くわした。場所はみんなが低い石積み《ムラツツェ》と呼んでいる辺りだ。普段はあんなにも臆病な毒蛇が周囲の様子にまるで無頓着になり、通りすがりの人間にとって危険な存在となる。絡みあう二匹を見かけたら、邪魔せず遠回りするのが吉だ。彼はまた秋のように何時間も山道を歩くようになった。残雪のある高さまで登るか、あの傷ついた森のなかを歩き回るのだ。雄のアカシカやノロジカが木の幹に頭をこすりつけ、血が流れるのも構わずに皮膚を破り、新しい角を解放する季節だった。

シルヴィアにもらったあの画集、ふたりだけの秘密の北斎を彼がふたたびめくるようになったのもそのころだった。江戸時代の版画と彼の部屋の窓から見える風景には無数の共通点があった。フォンターナ・フレッダでは山男たちが西洋杜松の茂みと藪を焼き、モグラがこさえた土の山をトラクターの馬鍬《ハロー》でならし、ジェンマが小さなナイフを手にチコリを摘んで歩く時期だった。老婆は牧草地でひとり、二、三歩ごとに腰を折り、ビニール袋をいくつも緑の葉でいっぱいにしていく。ここでも人々は、自分たちを見下ろす富士のことなどまるで眼中にない様子だった。

画集の最後には、北斎が生涯で唯一書き残したとされるこんな文章があった。「わたしは六歳のころから物の形を描き写すのが非常に好きだったが、五十歳から七十歳までに描いた作品にはひとつとして価値のあるものがなく、七十三歳でようやく鳥獣虫魚の骨格、草木の生え方を理解した。だから八十になればわたしはさらに進歩するであろうし、九十になれば芸術の道の奥義を極め、百ともなれば至上の真理にさえ到達するやもしれず、百何十歳ともなればひとつの点から一本の線にいたるまで、わたしの描くものはすべて命を持つにいたるであろう。どうか賢明なる者たちよ、諸氏が長寿であれば、わが言葉に偽りなきを見届けたまえ。画狂老人卍筆」

バベットはいまだフォンターナ・フレッダに戻らず、店のドアの外に下がった看板は日増しに色あせていった。ファウストは久しぶりにあることをしたくなった。メモ帳とペンを用意してテーブルに向かうと、バベットに宛てて手紙を書きだしたのだ。思い返せば昔の彼は実に筆まめで、それこそ最初期の執筆活動と言って間違いなかった。恋をするたび、意中の子にラブレターを何通送ったことか！　彼は三枚の紙にこの春の出来事を記した。ヴェロニカのこと、ミラノの家を売ったこと、町で過ごした日々が自分のなかに残した疑問と挫折感のこと。それから、バベットの元夫の事故にも触れ、彼女の娘に会ったが母親にそっくりだとも記した。それから、バベット自身はいつも愚痴をこぼしていたが、やはり彼女はフォンターナ・フレッダのためになることをしたとも書いた。あんな立派な娘を育て上げただけでも偉いのに、バベットのレストランは単なる山小屋《リフージョ》である以上に、リフージョという言葉の本来の意味である避難所を多くの人々に提供してきたのだから。少なくともファウストにとって、彼女の店は間違いなくそんな大切な場所であり、苦しい時期にそこに温かく迎え入れてもらい、どうってことのない料理の腕を褒められ、外はマイナス二十度の寒さでも明るく過ごすことができた。だから、彼女に思い出してほしくて、こんなことも書いた。ディーネセンの小説では、バベットがひと財産を費やして用意した有名な晩餐のあいだ、ノルウェーの田舎者たちは自分がどんなに素晴らしいご馳走を口にしているのかまるで気づかない。でもただひとり例外がいる。パリで長年暮らした過去を持つ年老いた将軍だ。老兵はその事実を誰にも明かすことができずに黙って食べながら、胸のなかでは、この料理を作った女性は偉大な芸術家だ、と思う。よく考えてみれば、それこそあの小説の肝《きも》ではないだろうか。来客の少なくともひとりは彼女の存在に気づき、その正体を見抜いた。バベットはご馳走を作った甲斐があったのだ。世界にたとえひとりでも、彼女の料理を心から味わってくれたひとがいたのだから。

手紙を彼はこう結んだ。元気かい？　みんな寂しがってるよ。帰ってくるよね？

それから彼はトレ・ヴィッラッジまで下り、新聞雑誌の売店でフォンターナ・フレッダの絵葉書はないかと尋ねた。店主の女性は売れ残り商品の山から絵葉書の包みをひとつ見つけてくれた。そのなかに一枚、昔の写真を使ったものがあった。一九三三年のフォンターナ・フレッダの風景だ。集落には石造りの家が数軒あるばかりで、車道らしい車道もなければ、電柱一本立っておらず、観光客向けの貸し別荘もなければ、〈バベットの晩餐会〉もスキーのリフトもない。そのかわり、ラバ道を登らせようとして一頭の雄牛を押すひとりの農夫の姿があり、山々も写っていた。広がる畑と並んだ積みわらの向こうに見える山々の姿は、今とどこも変わらなかった。ファウストは絵葉書と手紙を封筒に入れると、ひとつだけ知っている住所を表に書いた。レストランの住所だ。バベットが今どこにいるにせよ、彼女の店への郵便物はそこに転送させているのではないかと期待してのことだったが、実のところ、彼女が手紙を一週間後に読もうが、一年後に読もうが構わなかった。自分の気持ちを彼女に宛てて書けたこと自体が嬉しかったのだ。封筒に切手を一枚貼り、売店を出てすぐのポストに投函すると、なんだか手紙が今まさに途方もなく長い旅に出ようとしているような気がした。

18 古材

サントルソの家は集落よりも少し高い場所にあった。白漆喰で壁を塗った、南向きの、日当たりのいい農家だ。いや、少なくとも農家として建てられた家だったが、干し草小屋が今もそのまま使用されているのに対し、家畜小屋のほうは物置きになっており、様々な道具、がらくた、主人の森歩きの戦利品であふれ返っていた。

こりゃ宝の山だね、ファウストは言った。

ゴミの山かもな。

前は家畜小屋だったの?

設計上はな。この家は親父が建てたんだが、本人は動物が大嫌いで、ずっと石積み職人をやってた。もしかしたら息子の俺が伝統に立ち返っちゃくれやしまいか、なんて思っていたのかもしれないが、見てのとおり……。

牛はいないね。

仕方ないだろう？　犬に猟犬と牧羊犬がいるのと同じだ。誰だって自分の本能に従うほかないんだよ。

でも干し草なんてどうするんだい？

売ったり、交換したりさ。俺、古材が好きなんだ。

見れば、灰色がかった板が何枚も小屋の片隅の壁に立てかけてある。その多くはまだ堆肥まみれだった。山の廃虚でよく見かける、何世紀も前からそのままそこにありそうな、あの堆肥だ。湿気で反ってしまった板もあれば、折れ釘がたくさん刺さった板もある。

全部、唐松だ。ぱっと見は薄汚いと思うだろうが、磨けばこんなになるんだぜ。

手の使えないサントルソが片足で指し示したのは、水洗いをしてから何遍も磨き、木目を出した一枚の板で、灰色が鮮やかな赤色に変わっていた。

えっ、これが本来の色なの？

唐松は材がもともと赤いんだが、この色は糞が染みついたおかげもある。においもどうしても取れない。

でも何に使うの？

テーブルでも作ろうかと思ってた。今はどうしようもないから、もう少し寝かせておくさ。

ファウストは板を嗅いでみた。確かに独特なにおいがするが、嫌なにおいではない。釘を抜いた跡の穴が点々と残っている。どの穴も、暗めの赤色の輪で囲まれているのは、釘の残した錆だろう。

サントルソは作業台の上に腰かけた。そして、ひとつ咳をしてから言った。ひとつ、お前にいい話があるんだ。

いい話？

仕事だ。

この古材の仕事？

いや、山仕事だ。役所が公有林の間伐をしようと決めて、今、チームをいくつか組んでいるところなんだ。俺もまだあの辺の連中には少し顔が利くんでね。

チームって、樵のチーム？

そうだ。

でもどうして僕が？　チェーンソーなんて持ったこともないのに。

コックとして参加するんだ。

ファウストは持っていた板を置き、話の先をうながした。

作業チームは十人から十二人の伐採係と、半日パートの料理係ひとりで構成される。現場はどこも、昼を食べに下りてくるには遠くて不便な場所にあるから、誰かその場で飯を作ってくれる人間がほしいんだ。お前は朝、食材を持って山に行く。現場にはキャンプ用のガスコンロもあれば鍋釜もあるし、自分の道具だって置いておける。しかも仕事は二時で終わりだ。普通は女が採用されるんだが、俺、考えたんだ……。

僕でいいなら、喜んでやらせてもらうよ。

俺だってこんな怪我をしてなきゃ、立候補したさ。給料だっていいんだぜ？　しかも夏いっぱい続く仕事だ。

夏いっぱい森のなか、か。

料理ならお手のものだろ？

うん、さすがに慣れた。

じゃあ、先方に電話するぞ。

伐採現場の料理係。作家ファウスト・ダルマッソはまさに今、フォンターナ・フレッダからふたつの教訓を授かったところだ。ひとつ、食事の支度をする人間は常に必要とされるが、書き手の需要はそこまで高くない。ふたつ、サントルソという男は感謝も謝罪もろくにできないが、恩返しの仕方は心得ており、これもまた言葉よりも価値がある。

サントルソの娘が茶を淹れてくれたのでふたりは家に入った。そして腰を下ろしたところで、ファウストは剥製のライチョウに気がついた。壁にかかった板から伸びる一本の枝に乗っている。黒い羽毛に覆われた全身と青い首のコントラストが美しい鳥で、左右の翼を大きく広げ、戦闘態勢を取っていた。

オオライチョウの雄かい？

クロライチョウの雄だ。オオライチョウはこの辺じゃとっくに絶滅した。

出かけてくるね。娘が言った。車、借りるから。

おう、楽しんでこい。

じゃあね、パパ。彼女は腰を屈めて父親の頬にキスをした。お願いだから無理しないで。

わかったよ。

またね、ファウスト。

いってらっしゃい、カテリーナ。

なかなか心を開こうとしない娘だった。他人行儀で、用心深い。それでもファウストのことを名前で呼ぶようにはなってくれた。サントルソは一分ほど待ってから、ファウストの後ろの家具を手で示し、ラベルの貼ってないボトルを取らせた。中身は透明な液体で、グラッパのようだった。こんな時くらいは乾杯もいいだろうと思い、ファウストはふたりのカップの茶を捨てると、酒を注ぎ、ひとつを相手の前に押しやった。

お前、子どもはいるのか？　サントルソが尋ねてきた。

いないよ。

そろそろ考えたほうがいいぞ。俺は五十四だが、若い人間がそばにいるってのは悪くないもんだ。

なるほど。

例の彼女は元気か？

彼女？　ああ、あの子とはそういうんじゃないんだ。

惜しいな。かわいい子だったのに。

サントルソはファウストに仕事を紹介できたのが嬉しくて仕方ないらしく、やけに饒舌だった。両手のギプスでカップを挟むと、器用に口元まで運び、ひと口飲んだ。不自由な手にもすっかり慣れたようだ。

こいつはジンだ。俺が作った。

ジン？　蒸留器で作ったのかい？

蒸留器なんて使っちゃいないさ。無味無臭なウォッカを用意して、西洋杜松の実を浸けたんだ。飲んでみな。

ファウストは味見をして驚いた。本当にジンだった。言われなければ、ウォッカだなんて絶対にわからない。ミラノの中心街のバールで出しても恥ずかしくないような、上等なジンだ。

こいつは森の香りがする、だから好きなんだ、とサントルソは言い、友人であるコックの健康を祝してカップの中身をひと息に空けた。そして思った。どうしてこの似非コックは俺のことなんぞ気に入ってくれたのだろうか、と。

19　人類の前哨基地

実際、かわいい子だった。六月初め、彼女はモンテ・ローザ山塊の南西の支脈を登っていく四輪駆動車に乗っていた。デュフールの息子がハンドルを握り、そのかたわらにはパサン・シェルパという名の男性が座っている。ネパール人ね、とシルヴィアは思った。モンテ・ローザのいくつかの山小屋でネパール人が働いているという話は聞いていた。昨夜はよく眠れず、目が覚めてからも夢の余韻のせいで憂鬱だった。とうとう大冒険に出発する朝だというのに、だ。山道を三十分走る間に、早くも夏の気配の森林帯から、まだ花も咲いていない牧草地にいたり、休業中のロープウェーの支柱が並ぶゲレンデをいくつか抜けて、地面に残雪がちらほら見えだす標高まで来た。ここはフランス、と彼女は思った。ここはベルギーとオランダ、ここはデンマーク、スウェーデン、ノルウェー。昨日の夢にはママも出てきたんだっけ？　母親の夢を見たあとで必ず覚える余韻がまだあった。ノルウェーでは万年雪にタイヤの跡が残っており、運転席の若者も副変速機をローに切り替え、さらに前進したが、つづら折りを何度か曲がったところで観念した。道路の本来の終点である峠はまだまだ上、という地点だった。

ここまでだ。デュフールの息子は言った。彼女とネパール人は早朝の空気のなかに降り立ち、車からザックとアイゼンとザイルを降ろすと、中綿入りのジャケットを着た。モンテ・ローザは雲のなかだ。この高さでは雲が霧となり、逆に霧が雲にもなる。

運転席の窓からデュフールの息子が尋ねた。ドコ、忘れ物はないか？

ないはずだよ。

次に彼はシルヴィアに声をかけた。道はパサンが知ってる。君がばてたら、パサンが背負って運ぶからね。

そうならないように頑張るわ。

じゃあ、いってらっしゃい。無事を祈ってる《タシデレ》よ。

若者はハンドルを切り、車をUターンさせると、ふもとの方角に消えた。まもなくエンジン音も風にかき消されて途絶えた。パサンはアイゼンをひと組選ぶと、シルヴィアの足元に身を屈めた。そしてサイズを調節してから、靴底に固定し、ベルトを締めた。パサンの前に足を片方ずつ差し出しながら、彼女はひとりで履けない自分を恥じた。

ここはまだ氷河の上じゃないんでしょう？

うん。でも、アイゼンは履いておいたほうがいい。

さっき彼、あなたのことドコって呼んでたけど、どうして？

仲間うちの冗談だよ。背負いかご、って意味だ。

荷揚げ係《ポーター》の背負いかご？

ああ。

だからあなた、シェルパっていう名字なの？

パサンは首を横に振り、頬を緩めた。過去にも同じ説明を何度もさせられたはずだが、うんざりした様子もなく彼は答えた。シェルパっていうのは、ポーターのことじゃない。シェルパ族という民族の名前で、俺たちはみんなシェルパと名乗るんだ。

知らなかったわ、ごめんなさい。

シェルパ族はエヴェレストの周辺に暮らしている。それでポーターをする人間が多いものだから、よく勘違いされるんだよね。

じゃ、パサンってどういう意味？

金曜日。

金曜日？

金曜日に生まれたからさ。パサンは笑った。笑うと、真っ白で大きな歯が丸見えになり、目がすっと細くなる。俺はただの金曜日に生まれたシェルパってこと。

イタリア語がとても上手ね。

いや、そんなことはないよ。君の名前はどういう意味なの？

森の女、って意味。

シルヴィアが、森の女？

だいたいね。

いい名前だ。

それからシェルパ族の男はザイルをザックの上に固定し、それを背負うと、峠を目指して歩きだした。雪の表面は凍りついており、シルヴィアはアイゼンのありがたみをただちに知った。そして彼の後ろを黙って歩き、彼の足跡を忠実に追い、ペースも合わせた。そうして山小屋まで歩いて登るのがひとつのテストであることは理解していた。そうでなければ、どうして荷揚げ用のヘリコプターに積み荷と一緒に乗せていってくれなかった？でも、これでよかった。クインティーノ・セッラ小屋は自力で手に入れないと。標高差は千メートル以上ある。落ちついて行こう。やたらと顔を上げて、まだどのくらいあるかなんて考えちゃ駄目。前を歩くパサンの足に集中しよう。そう決めた。彼の両足を見つめ、雪面を見つめ、同じペースで足を運んでいるうちに、次第に自分の脚が目を覚まし、心臓と肺がリズムをつかんだのがわかった。春のうちにトレーニングはしてあった。やがて周囲の霧も恐ろしくなくなり、足と呼吸にだけ意識を集中できるようになった。わたしとパサンと雪、あるのはそれだけ。冬山の服装のなかで体が温まり、汗が出てきた。

そんなふうに集中して歩いていたら、昨夜の夢を思い出した。母親が出てきて、山小屋には行ってくれるな、お前には家にいてもらわないと困ると止めるので、喧嘩になる夢だった。シルヴィアは母親に言い返した。それじゃ、ママたちが散々言ってた、子どもは自由に、勇敢に育てるべきだって話、ほかの家の子はそうでも、わたしだけ関係ないってこと？　すると母親は答えるのだった。でもね、時には立ち去るよりも留まることのほうがずっと勇気がいるのよ。言葉では母親にまずかなわなくて、シルヴィアはいつだってくやしい思いをしたものだ。夢のなかの母親はまだ若く、四十五前後に見えた。彼女のほうは子どもに戻った気分だった。

ロープウェーの到着駅に着くまで、彼女は自分たちがとっくに峠まで来ていたことに気づかなかった。凶暴なまでに違和感のある、不快な眺めだった。ロープウェーの設備も、落下防止用のネットも、整地の跡も、むきだしのコンクリートも、何もかもが醜悪だった。パサンは足を止めず、北に折れて稜線沿いに進んだ。するとまもなくゲレンデを示すものはすべて雪の下に消えた。高みに吹く風のせいもあれば、こんなに標高の高い地点まで一気に登ったせいもあったのだろう、シルヴィアはぼんやりしてしまっていた。昨晩はまだ列車に乗って、いくつもの町を抜け、夏の田園風景のなかを走っていたのだ。やがて強い風で雲に切れ間ができるようになった。パサンの足から目を上げると、そこに青い空が見えたり、一瞬だけ岩壁が見えたり、氷壁が見えたり、山の頂が見えたりした。とはいっても、どの山なのかは見当もつかなかった。雪面には動物の足跡が点々と続いている。カモシカか、アイベックスだろうか。足跡がふたりとは違う方向に向かっているのを見て、彼女は思った。ひとりだったら、わたし迷っちゃうだろうな。雪と霧でわけがわかんなくなって、夜までずっとこの辺でさまよって、きっと死んじゃうんだろうな。

パサンは彼女の遅れに気づいたのか、あるいは最初からそこで休憩を取るつもりだったのか、風をしのげる岩陰にザックを降ろした。既に二時間近く歩いていた。

悪くないペースだよ。彼は言った。

今、標高はどのくらい？

三千メートル。もう少し行ってるかもしれない。

ついに北極圏到着、というわけだ。霧が薄れ、ふたりの眼下に左右の谷が見えた。氷堆石《モレーン》が見え、白く濁った沢が見え、いちばん上の痩せた牧草地も見える。何もかもが今ではふたりよりずっと下にあった。

こんな高い場所まで来たの、わたし初めてよ。

初めて？

ネパールだと三千メートルの土地ってどんな感じ？

田園地帯だね。田んぼが広がってる。

三千メートルでお米なんて出来るの？

うん、もっと上だと大麦になるけど。

パサンは魔法瓶の蓋を外すと茶で満たし、自分は飲まずにまずシルヴィアに差し出した。そこで彼女は改めて疑問に思った。はたしてこのひとがこんなふうにふるまうのは、わたしの世話を仕事として任されたからなのか、それとも単に親切なのだろうか。

茶はおいしかった。温かくて、濃くて、砂糖たっぷりだ。このパサンという男性は、歩き方も、話し方も、茶も、その何もかもに彼女をほっとさせる力があった。

パサン、エヴェレストって登ったことある？

何度か、登ったよ。

何度か、エヴェレストに登頂したの？

頂上は二回だけ。残りは全部、頂上直下までだね。遠征登山って色々な仕事があるから。

たとえば？

ネパールに働きにくるつもり？

悪くないわね！

たとえばベースキャンプまで荷物を運ぶポーターがいる。きつい仕事だけど、危険はない。それから氷河に固定ロープと梯子を設置してルートを用意する係もいる。こちらは危険だ、雪崩のリスクがあるから。そして高所ポーター、これは凄く危ない。あとコックもいるね。

コックってどこでも必ずいるのね。

俺に言わせれば、最高な仕事だよ。安全だし、暖かい場所にいられるし、食事だってていい。でもエヴェレストの頂上まで行く役目がいちばん儲かるし、出世する。

出世って、モンテ・ローザまで出稼ぎにくることなの？

そうかもね！

シルヴィアはザックにドライフルーツと板チョコを入れてきていた。パサンに板チョコを勧めると、彼は遠慮なく大きく割って、彼女を喜ばせた。ふたりはもう一杯茶を飲むと、体が冷えてしまう前に出発した。

そこからはガレ場が続いた。雪が強風で吹き飛ばされ、地面が完全にむきだしになっている箇所もあった。眼下には小さな窪地や、水たまりに毛が生えた程度の氷結した池がいくつも見えた。やがて稜線の幅が狭まり、左右の斜面も傾斜がきつくなって、痩せた岩尾根と化した。固定ロープと鋼製の梯子が姿を見せ始め、手を使ってよじ登らないと進めなくなったが、シルヴィアはかえってほっとした。ルートに集中すればぼんやりせずに済むし、考え事に気を取られずに済む。母親をがっかりさせているという罪悪感も忘れられた。それにもともと雪よりも岩場のほうがなじみがあった。

あと少しだよ。パサンが言った。

ここ、楽しいわ。

岩登りをするの？

うん、少しだけね。

じゃあ、このまま行く？

そうしましょ。

パサンを追って、ほとんど垂直な梯子と固定ロープの連続する岩場をしばらく進んだ。稜線の真上にある岩と岩のあいだにかけられた小さな木の橋も渡った。やがて足場の狭いところに出た。表面のつるりとした板状の岩が足元で傾斜し、さながら虚空へと続く滑り台だ。霧が出ていて逆に幸運だったのかもしれない。おかげで断崖絶壁は目に入らず、問題はひとつずつ提示され、目の前の、手に届く範囲のものから解決していけばよかったからだ。でもパサンは何かが気に入らないらしい。

一応、ザイルを出そうか。彼は言った。

今さら？　小屋はもうすぐなんでしょ？

うん。でもここ、いやらしいから。なに、すぐに用意できるよ。

シルヴィアは反論こそしなかったが、子ども扱いされた気分だった。たいしたことのない尾根じゃないか。ドロミティではもっと凄いところだって登ったし、このまま進んで、今までどおりに信頼してくれたらいいのに。せめてザイルくらいは自分で結ぼうと思った。

彼女は腰にハーネスを装着すると、ザイルの末端を手に取り、二重8の字結びでハーネスの前に固定した。そしてパサンが難所を通過し、スリングを岩角に固定して支点を作り、確保《ビレー》してくれるのを待った。

来ていいよ。アイゼンの歯をしっかりと効かせてくれ。

傾斜した板状の岩の上まで来て、その表面をうっすらと覆う氷に彼女は初めて気がついた。パサンの言うとおり、悪場だった。厚さわずか数ミリの氷にアイゼンの歯を食い込ませねばならない。彼女は腰のザイルに感謝しつつ、躊躇せず、素早くそこを通過した。確保されたのはあと一カ所だけ、硬い雪の詰まった岩溝の横断で、パサンはピッケルで雪面に足場を切らねばならなかった。その先は尾根の終わりまでザイルを結びあったまま前進した。そこまで来れば到着したも同然なのは幸いだった。標高三五〇〇メートルの薄い空気のせいで彼女は頭がうまく働かなくなっており、朦朧としてしまって、ほとんど自分の意思とは無関係に動く手足をただ眺めているような状態だったからだ。

クインティーノ・セッラ小屋は最後の最後になって、氷河の脇の台地にようやく姿を見せた。北極基地としても立派に通用しそうな小屋だ。台形を横倒しにした格好の大きな建物で、外壁の一面がソーラーパネルで覆われている。古いほうの木の小屋は少し上に建っていて、まさに開拓者たちの小屋という風格だった。断崖から宙に突き出ているのはトイレ小屋だ。台地に建つ新しい小屋の前にはうずたかい石積みがひとつあり、ひもで結びつけられたチベット伝統の小旗が何枚もはためいていた。その石積みを取り囲むようにして、もっと低い石積みがたくさんあった。色とりどりの小旗は、じめじめした霧の朝にいくらか楽しげな彩りを添えている。

ヘリポートではいくつもの大袋で運ばれてきた物資をデュフールが仕分けしていた。どの袋も食材その他でいっぱいで、ビールやワインの箱もあれば、トイレットペーパーのパッケージもあり、ほかにも小屋に運び込む物が色々とあった。着いた早々、仕事だ。

おお、ドコじゃないか。デュフールが声を上げた。よく来たね。

どうも、ボス。無事着きました。

20　樵たち

一方、森にネパール人はおらず、いるのはベルガモ人とヴァルテッリーナ人、そしてベルガモなまりかヴァルテッリーナなまりのイタリア語を話すモルドヴァ人だった。ファウストは伐採現場を目指して山道を登っている途中だ。折れたか、曲がったか、病気にかかったか、倒れる危険があるかで、森林警備隊が赤丸を付けた何百本という木々のあいだを歩きながら、彼は樵たちのかけ声に耳を澄ませていた。チェーンソーにも言葉があって、ひと月もすると彼にも聞き分けられるようになった。スチール（ドイツのチェーンソーメーカー）の声、ハスクバーナ（スウェーデンのチェーンソーメーカー）の声、幹の片側にまずは受け口を刻む音、そして反対側からいよいよ本格的に切っていく音。みんなより乾いた音を立てているエンジンは、混合燃料の比率でも間違えたのだろうか。どこかでチェーンソーのうなり声が途切れ、ハンマーで楔《くさび》を打つ音が聞こえだした。切り口に打ち込んでチェーンソーの刃が挟まれるのを防ぐのだ。それから「倒れるぞ！」と叫ぶ声が届き、ファウストは足を止めた。折れ目がきしむ音が聞こえる。どこか安全な場所を見つけて隠れたくなるような不吉な音だ。そしてとうとう鈍い音を立てて木は倒れた。音は控えめだった。六月の既に豊かな枝葉がクッションとなったのだろう。倒れた場所もわかった。割と近い。周りを取り囲んでいた木々の梢のあいだにぽかっと穴が開き、空が見えるようになって、下草が日の光に輝いているあそこだ。

キッチンがわりのコンテナに到着すると、彼はザックから焼きたてのパンと買ってきたものを出した。黒く煤けた四つの石のあいだに、道々拾い集めた唐松の小枝を山積みにする。古新聞を一枚取り出し、丸めて火を点けてから、小枝の山の下に突っ込むと、炎が勢いよく燃えだすまで息を吹き続けた。樹皮にくっついて育つひげみたいな苔は、乾燥していると、紙よりも火の点きがよかった。ファウストは唐松の燃えるにおいが大好きだった。彼にとっては子ども時代の夏の香りで、毎度、懐かしい気分になる。

シェフが来たぞ！　においに気づいて、作業員のひとりが叫んだ。

やあ、シェフ！　遠くで別の作業員の声もした。

ファウストは、泉から水を引いてあるホースのところまで行くと、銅の大鍋を満たしてから、四つの石の上に置いた。それからコンテナに入り、ガスコンロでコーヒーを沸かすと、仕事にとりかかる前に焚き火の前で一杯飲んだ。森のにおい、炎のにおい、コーヒーのにおい、ガソリンのにおい、チェーンソーの排気ガスのにおい。朝のにおいだ。今日は何曜日だったたっけ。金曜日、六月最後の金曜日か。もうシャツ一枚でちょうどいい陽気だった。セッラ小屋のシルヴィアは寒い思いをしていないだろうか。ファウストは心配になった。髪を洗うのが大好きなあの子は、小屋でも毎晩洗っているのだろうか。洗ったとしても標高三五〇〇メートルだ、どうやって乾かしているのだろう。そこで思い出した。ほんの一年前、彼は猛暑のミラノで、ヴェロニカと喧嘩をしていた。喧嘩の原因は彼女がほかの男と寝たとか寝なかったとかで、結局、真相はわからなかった。あの日、ふたりは汗びっしょりになって怒鳴りあった。ファウストが自宅にはエアコンを絶対に取り付けたがらなかったせいだ。エアコンは嫌いなんだよ！　と彼が声を上げれば、そっちはいい気なもんよね、と彼女は大声でやり返した。ちょっと暑けりゃあなたはすぐに逃げちゃうし、都合の悪いことがあるたび山に行っちゃうんだから！　人生なんて、変わる時はあっという間に変わるものだ。彼はコーヒーを飲み干すと、じゃがいもの皮をむき、玉ねぎとベーコンを刻み、精肉店で包んでもらったばかりの牛肉の塊をステーキ用に切り分けた。

樵たちの好みはフォンターナ・フレッダのリフト作業員たちと同じで、いつでもパスタ、肉、じゃがいもの組み合わせだったが、ファウストは自分なりにアレンジを加え、しかも喜んでもらおうと頑張っていた。たとえば今日の特別メニューは「マリオ風のじゃがいも《パターテ・アッラ・マリオ》」、マリオ・リゴーニ・ステルンの小説に出てくる料理だ。彼は大鍋でじゃがいもをほとんど粥状になるまでゆで、次に玉ねぎのみじん切り四個分を大量のバターで炒めてから、ゆでたじゃがいもをそこにすべて投入した。それと平行してガスコンロでビーフステーキをローズマリーと一緒に焼く。大鍋は二キロのスパゲティをゆでるのにも使い、正午の十五分前にゆで始めた。昼食にも専用のかけ声があった。時間にうるさいベルガモ人の樵たちに教わったとおり、正午になると彼は叫んだ。「レー・ドゥーラ!」ベルガモ方言でポレンタが「固くなったぞ」、つまり「出来たぞ」という意味だ。今日の一皿目《プリモ》はポレンタではなく、スパゲティのカルボナーラだったが、同じことだった。彼はスパゲティの湯を切ると、かりかりに焼き上がったベーコンと混ぜあわせた。チェーンソーがひとつまたひとつと沈黙していく。まるで香りを嗅ぎつけたみたいに。

天気はよかったが、食事はコンテナのなかでした。八時間ずっと屋外で働く人間は、こうして室内できちんとテーブルを囲んで食べたいものなのだ。今日はサントルソも現場に顔を出した。手のギプスが取れたばかりで、どちらの手も手術の縫合跡があることを除けば、一見、問題なさそうだったが、いざ使おうとするとやはり相当に不自由な様子だった。樵たちはみな、サントルソの怪我に同情した。ファウストはステーキとじゃがいもの料理を出しながら、労働災害をめぐる彼らの議論に耳を傾けた。普通とは逆の方向に倒れるひねくれた木もあれば、倒れてから独楽《こま》のようにくるりと回るか、妙なバウンドをして、作業者の頭や背中を叩き割る木もあるという。ぼんやりしていて自分の額か脚をうっかり切ってしまう作業員も珍しくなく、実際、彼らにしても午後はけっして木を切らなかった。ファウストはコーヒーを出し、サンブーカのボトルもテーブルに置いた。サンブーカはアニス系の甘いリキュールで、好みでコーヒーにちょっと混ぜて飲む者もいる。サントルソはぎこちない手つきでリキュールをデミタスカップいっぱいに注ぐと、みんなが爪楊枝をくわえて立ち上がり、やれやれという感じで仕事に戻るなか、ひとりコンテナを出て、ちろちろと燃える熾火《おきび》の前に腰を下ろした。

自分だけ何もせず、働く仲間たちを眺めることには不慣れなサントルソだった。樵たちは枝をまとめて山積みにしたり、倒した木を小型トラクターで牽引しやすいよう、枝を払ったりしている。ファウストは紙皿と紙ナプキンを燃やし、使った鍋にお湯の残りと洗剤を少し入れると、腕まくりをしてたわしでこすりだした。

サントルソは、周囲の地面にいくらでも落ちているおが屑をひとつかみした。そして哀れな片手を自分の鼻に近づけると、こんなことを言った。誰か、なまくらなチェーンソーを使ってるやつがいるぞ。

本当に？

おが屑を見ればわかる。屑が細かければ細かいほど、刃がなまっているってことだ。

なるほどね。

このにおい、なんだかわかるか、ファウス？

それはファウストにとって、松やにのにおいであり、生木のにおいであり、唐松の切り株と丸太の山と地面を覆うおが屑のじゅうたんが発する、うっとりするような香りだった。毎晩、服を脱ぐたびに彼はその香りを脱ぎ捨て、翌朝、前日のシャツと一緒にまた身に着ける。でもサントルソの口から答えを聞いてみたくて、あえて訊き返した。いや、なんのにおいだい？

伐採のにおいさ。

いいにおいだね。

そりゃ最高さ。俺だって嗅ぐのは久しぶりなんだぞ？　四十年にはなるかな。

僕が生まれたころだ。

これが最後になるのかもしれないなあ。

何言ってんのさ、僕より元気なくせに。

周囲の農道には高地牧場に向かう牛飼いたちの姿があった。そのうちのひとりが、トレーラーを牽引したトラクターを停め、唐松の枝葉を焚き火用に少し分けてくれないかと尋ねてきた。それを聞いて、ファウストは今日の日付を思い出した。六月二十九日、聖ペテロと聖パウロの日だ。谷によっては二十四日の聖ヨハネの日に焚き火をするが、いずれにせよ、夏至を祝う火であることに変わりはなく、キリスト教の聖人たちが生まれるずっと前にルーツのある行事だった。

どうなんだろう？　誰かに聞いてみないとわからないな、とファウストは答えた。構うもんか。サントルソが口を挟んできた。持ってけ、持ってけ。どうせそこに置きっぱなしになって、腐るだけの代物だ。あいつらだって、かえって喜ぶよ。牛飼いはトレーラーいっぱいに枝葉を積むと、がたがたと積み荷を揺らしながら、自分の牛小屋を目指して走りだした。

21　焚き火

　その晩、十時を回ったころになって、六月の長い夕暮れの残照がようやく消えた。すると、高地牧場に積み上げられた木材やら、枝葉やら、木箱やら、荷台《パレット》やら、飼料の空き袋やら、古タイヤやらの山にガソリンが振りかけられ、火が点けられた。ひとつまたひとつと、標高二千メートルを少し越えたくらいの場所で灯る炎をサントルソは見守っていた。焚き火は真っ暗な山の斜面で輝き、高さと明るさを競いあっている。五つ、六つ、七つまで見えた。炎は消えるかと思えば、風にあおられて、また勢いを取り戻した。彼のような男でも、その眺めには胸を揺さぶられずにはいられなかった。七つの焚き火は告げていた。山には今もひとがいるぞ、ふもとの衆は忘れてしまったかもしれないが、山の暮らしはまだあるんだぞ、と。

　彼は毎晩、散歩に出かけ、酒を飲む時間を自分から取り上げるようになった。手は相変わらず不自由だが、脚の状態も大差ない。何週間もろくに体を動かさなかったせいだ。起伏の少ない山道を選び、気をつけるように言われた心臓に聞き耳を立てながら、ゆっくりと歩くしかなかった。退院してファウストの車で山へ戻ってきた時、生まれて初めて山酔いの症状が出た。急に標高の高い場所に来たために激しい動悸がし、まともに息ができなかったのだ。でも、誰にも打ち明けるつもりはなかった。教えてもいいかなと思えるただひとりの女はフォンターナ・フレッダを出ていってしまった。彼に連絡先の住所すら伝えることなく。

空はもう真っ暗で、夏らしい薄明の名残もついに消えた。高みの焚き火もみな燠火になったようだ。でも、星が足元をほのかに照らしてくれる。彼は懐中電灯を使うのが昔から好きではなかった。あれは世界をよく見るためというより、自分がそこにいることを周りにわざわざ知らせるための道具だ。それに比べて目は、時間さえ与えてやれば、感覚が研ぎ澄まされて、前には見えなかった輪郭や反射を次々にとらえていく。そうして彼がその晩、見つけたのは、沢沿いに横たわる一頭の雄カモシカの死骸だった。そこは冬に小規模な雪崩が交差する地点で、実際、斜面にはまだ雪が残っていた。だからサントルソがまず考えたのは、雪崩に不意打ちを食らって巻き込まれ、雪に埋もれていた動物の死骸が春になって露出し、狐やカラスの餌になるケースだった。近づいてよく見てみると、カモシカは角の状態からして十歳は過ぎているようだった。狩猟区にしては高齢なほうだ。それから、死骸の腹が引き裂かれているのに気づいた。しかも傷口は新しく、ほんの数メートル先にはらわたまで落ちているではないか。となると、この哀れなカモシカはまさに今日、殺されたばかりなのかもしれない。その命を奪った者は、嫌なにおいのする腸をまず取り除き、遠ざけてから、心臓と肝臓と肺を食べに戻ったのだろう。なのに、そいつは途中で食べるのをやめた。誰かに邪魔をされた？　その誰かってのは、もしかして俺か？　サントルソは周囲を見回した。闇のなかに見えるのは、岩壁ときらめく沢水くらいなものだった。

そうか、お前か、と彼は思った。よく来たな、歓迎するぞ。去るやつもいれば、帰ってくるやつもいる、そういうことなんだな？　くたばるやつもいれば、せっせと腰を振るやつもいるし、狩りに出るやつもいる。この世はなんだって、つかんだやつのものなんだ。

カモシカの死骸は一日もせぬうちに跡形もなく消えてしまうだろう。だから彼は、自分も何か取ってやろうと思った。黒い鉤爪のような、あの二本のきれいな角がいい。以前の彼であれば、角を握り、ひねりながらぐっと引っ張るだけで済んだはずだ。黒い角の鞘は、骨で出来た芯から簡単に抜けただろう。芯とは繊維でくっついているだけだからだ。ところが今は角の周りに指を回し、手を閉じるのがやっとだった。左手でカモシカの頭を押さえ、右手で引き抜こうとしてみるのだが、指が滑ってどうしようもなかった。

22 夢遊病者

その夜、シルヴィアの目覚ましは午前三時に鳴った。うつらうつらしていただけだったので、すぐにアラームを止めた。同じ部屋で眠るデュフールの娘を起こしてはいけない。ナイトテーブルのヘッドランプと歯ブラシを手に取り、ズボンを穿き、ジャケットを着ると、彼女は外に出た。羽毛ぶとんの下で温まっていた体が海抜三五〇〇メートルの外気に悲鳴を上げる。気温は零下数度、しかもこの高みでは風がやむということがまずない。トイレ小屋では強烈な悪臭が待っていた。アンモニア臭と業務用脱臭剤のにおいだ。少なくとも風の勢いは弱まり、トタン板を震わせる以上のことはしない。それでもズボンを降ろしてしゃがんでみれば、トルコ式便器の穴から吹き上がる風をやはり感じた。排水管は氷河に下ろした一本の管に過ぎないから、管をさかのぼってくる冷風に急かされて、用便も自然と手短に済ませるようになる。彼女は氷のように冷たい水で歯を磨き、顔と耳を洗うと、ヘッドランプを外して自分の顔を照らし、鏡をのぞいた。なんてひどい隈だろう。でも、こんな早起きじゃ無理もないか。彼女の顔は一カ月で十年分は老けてしまった。標高のせい、まともに眠れぬせい、風と無慈悲な太陽のせいだ。

トイレ小屋を出ると、氷河がほのかに輝いていた。星の光を集め、夜空へと送り返しているのだ。その光景をひとりで眺めるたび、シルヴィアはひとつの天体を目の前にしているような気分になった。絶え間なく吹く風によって磨き上げられた惑星だ。風以外になんの音もせず、ぴくりとも動かぬ、完璧な白い砂漠。谷へと目をやれば、二千メートル下の町や村の明かりがあった。あっちは彼女が元いた青い惑星だ。猛烈に恋しかった。街灯の一本一本、滅多に通らない車の一台一台、ガソリンスタンドのひとつひとつまで見分けがつくほど近い。彼女は思った。ふもとの町では、きっとほんの少し前まで若者たちが広場でビールを飲みながら、煙草を吸ったり、おしゃべりを楽しんでいたのだろう。そして、あちこちの店から音楽が外まで聞こえていたのだろう。懐かしの青い惑星の上では、ひどく騒がしいあの星の上では、夏が始まったばかりなのだから。そこで彼女はまた寒さを覚え、なかに戻った。

キッチンで大鍋を火にかけ、ガス台の前に座って体を温めてから、やっとジャケットを脱ぐ気になれた。お湯が沸くのを待つあいだにビスケットを何枚か齧《かじ》った。それから、下界で手に入れておいたファウストの本を取り出し、短篇をひとつ読んだ。誰かの結婚式で別れを決める男女の話だった。悪くなかったが、少し技巧に走り過ぎているような印象を受けた。当時よく読んでいた作家を真似たのだろう。そこかしこで、浮かび上がろうとする声の気配がした。明快な考察や、愛についてのちょっとした真理のたぐいだ。今よりも生意気だけれど、今ほど皮肉屋でもなければ、疑い深くもないファウストを彼女は想像してみた。物語にはビールも、高速道路も、サービスエリアのレストランも、煙草も登場するのに、山はまるで出てこなかった。ファウストの人生に山の存在せぬ一時期があったと考えてみるのは奇妙な感じだった。

四時ごろ、大鍋にティーバッグをひと箱分、全部投入してから、砂糖を半キロ溶かした。そして魔法瓶をひとつずつ、お玉と漏斗《ろうと》を使って茶で満たしていった。誰かが発電機を回す音がして、キッチンの明かりが点いた。やってきたのはパサンだった。眠たげな顔で、いかにも寒そうだ。

電気も点けずに働いていたのかい？

うん、そのほうが落ちつくし。

お茶、余ってる？

もちろん。パサン好みの砂糖たっぷりよ。

砂糖はいくら入れても足りないね。

言えてる。

上の階で目覚ましがいくつも鳴りだし、天井がきしみだした。真っ先に下りてきたのは、リスカムの縦走に出かける登山者たちで、みんなろくに眠れず寝返りばかり打っていたという顔だ。「人食い」の異名で知られるあの危険な稜線に立ち向かう前に眠れるのは、山岳ガイドくらいなものだった。彼らは朝食をとり、ドイツ語にポーランド語にフラマン語でちょっと言葉を交わすと、めいめいザックに魔法瓶を仕舞った。そして小さな玄関ホールで登攀《とうはん》のための身支度を済ませると、テラスに出てアイゼンを履き、仲間と腰のハーネスをザイルで結びあってから、二、三人ごとのパーティーで氷河に臨んだ。暗がりのなか、小さな光が列をなして遠ざかっていく。

そのころにはみんな起きだした。まずはナーゾを目指す者たち、次にカストレに向かう者たち、そして最後に、どこにも行かない者たちだ。小屋に残るのならまだ寝ていたいところだろうが、騒がしくて目が覚めてしまうのだ。デュフールの娘も下りてきた。名前はアリアンナといって、年は三十歳、子どものころから夏は必ずセッラ小屋で過ごしてきたそうで、彼女にとってこの小屋は、一家で経営しているレストランのようなものらしい。しかし大学も出ているし、インドとネパールを旅したこともあり、冬にはヨガの教師をしていて、シルヴィアのことは小屋に着いた時から何かと気にかけてくれた。

頭痛の具合はどう？

少しよくなったわ。

コーヒー飲んだら、手伝うからね。

平気、急がなくていいよ。

トイレには行った？　状況はどう？

ひどい有り様。ヘビーな夜だったみたい。

アリアンナが交替してくれたので、彼女は外の空気を吸いに出た。すっかり明るくなっていたが、太陽はモンテ・ローザの東側の峰々の裏に隠れていて、フェリク氷河はまだ全体が山影に覆われ、空と同じく青白かった。上のほうの四千メートル付近だけがまさに今、朝日に輝きだしたところで、先頭を行く数パーティーが、フェリクの鞍部で日なたを歩いているのが見えた。何世代もの登山者のアイゼンで床が穴だらけになった木のテラスに、高山の雀が数羽いるのをシルヴィアは見つけた。黒いカラスとともに氷河周辺で暮らすわずかな生物の一種だ。寒さに羽毛を膨らませ、びくびくしながらも、床板の上のパン屑をつついている。いったいどんな本能でこんな高い場所まで飛んでくるのだろう？

パサンがバケツとモップを持ってトイレ小屋から出てきた。交替で受け持つ仕事のひとつに過ぎないのはわかっていても、自分以外の誰かが当番になるたび、シルヴィアは天に感謝した。ところがパサンはこんな時でも相変わらず機嫌がよさそうだった。

パサン、ひとつ聞いてもいい？

もちろん。

どうしてみんな山に登るの？　何度も頂上に立ったことのあるあなたなら、知ってるんじゃないかと思って。あの上には、何があるの？

風だ。

風？

それに雪。

それから？

運がよければ太陽もある。雲が出てなければね！

シェルパは笑った。二度もエヴェレストに登頂したというのに、パサンは絶対に哲学めいた言葉を吐こうとはしなかった。彼と話しているとまるでこの世には、バケツにモップ、風に太陽に雪といった、現実的な物事しかないみたいだった。

最後の登山客がついに腰を上げるころには七時になっていた。これでしばらく息抜きができる。実際、アリアンナから朝食にしようと声がかかった。デュフールの娘はラジオを点け、小さなテーブルにふたり分の支度をしておいてくれた。カフェラテ入りのカップにひと切れのケーキ、音を絞った音楽、そして親切な女性。こうなると北極基地も、ほとんど我が家のように居心地のいい場所に思えてくる。

今朝は八十九人よ。アリアンナが言った。八十九人が食べて、トイレでふんばって、出ていったの。

そうね。

ねえ、本当のこと言って。こんな仕事だなんて思ってもみなかったんじゃない？

うん。でもわたし、今、ここにいられて嬉しい。

本気？

本気よ。ちょっと自分が誇らしいし。あのね、時々思うの、こんなところママに見られたら何を言われるかって。

お母さんってどんなひと？

どんなひとだったか、ね。もういないんだ。

ああ、ごめんなさい。

ううん、気にしないで。陽気なひとだった。二年前に死んじゃったの。

ご病気？

うん、だいぶ前からね。

お母さん、元気な時は何をされていたの？

先生だった。中学校の国語教師。地元の元生徒はみんな今もママのことを覚えているわ。運よく少しは出世したひとまでね。

で、あなたは？

わたしは焼き餅ばかり焼いてた。よく無茶をやってママの気を引こうとしたな。

シルヴィアは不思議だった。どうして自分はろくに知りもしない女性を相手に、こんな打ち明け話をしているのだろう。それも朝の七時から、モンテ・ローザの山小屋で。たぶん、標高のせいに違いない。外では光の色が変わりつつあり、あちこちで先頭パーティーが四千メートル峰頂上直下の斜面を詰めつつあった。

23
沼

そして太陽がパッロットとヴィンセントの背後から顔を出し、夏の長い昼のあいだ、氷河にぎらぎらと照りつけるのだった。氷河を覆う雪は日増しに薄くなって、やがてクレバスと氷塔《セラック》と灰色がかった氷の帯があらわとなり、氷の表面は午後にはうっすらと水に濡れる。今となっては後退を続けるばかりの古い氷河に過ぎなかったが、最盛期にはずっとふもとのほうまで前進したこともあった。そのころ氷河は恐怖の的であり、けっして今のような同情の的ではなかった。氷河のせいで通行できなくなり、廃道となった峠もあれば、やはり氷河のせいで、失われた楽園として語り継がれるばかりとなった谷だっていくつもあった。氷河に挑んだ人間たちにしても、何人の死者が今なお氷に閉じこめられたままになっているか見当がつかないという。犠牲者が解放されるまでに七十年はかかるとされ、どこかの頂を目指す途中で氷河に転落し、行方知れずとなった時、彼ら自身は剛健な若者だったのが、その息子たちが老人になるころになってやっと、穴の開いた登山靴が片方だけとか、木製シャフトのピッケルといった、骨董物の登山道具がずっと下のほうで発見される。犠牲者がそこまで引きずり下ろされたということだ。モンテ・ローザはそうした死者たちを追悼する十字架とプレートだらけだった。そこには名前と日付が刻まれ、時には遺影も付いている。そんな高みの墓地まで毎夏、ひとりの司祭が登ってきてミサを挙げる。一帯の山小屋を祝福し、小屋番たちを祝福し、山にやってくる登山者たちを祝福したのち、二度と山を下りることのなかった者たちに祈りを捧げ、追悼するために。

七月のある日、ファウストも自分だけの聖域を見つけた。そこはたまたまたどり着いた標高三千メートル付近の窪地で、雪解け水の最初の細い流れが合流してひとつの沼をなしており、その周りを取り囲むようにして、氷河の底で磨き上げられたこぶ状の花崗岩が並んでいた。氷河自体はさらに上の崖の向こうまで後退しており、崖からは細い滝が何本も流れ落ちている。窪地には、氷河によって下に押し出されたか、山崩れで転がり落ちたかした大きな迷子石がいくつか、奇妙な角度で地面に突き刺さっていた。

そんな地形は地図にも載っていなければ、ファウストの記憶にもなかった。というのも、三十年前、そこがまだ完全に氷河に覆われていたころに、父親に連れられて見物に来たことがあったのだ。辺りの様子からして、氷河が後退したのはごく最近のようだった。どの岩にも苔や地衣類が生えておらず、砂地もまだ土が痩せていて、先駆植物がやっと育ち始めた、という状態だからだ。ファウストは気がついた。自分が目の当たりにしているのは、白日の下に姿をさらしたばかりの地球の一片であり、人類によってまだ名付けられてもいなければ、人類の地図にもまだ記されていないのだ。

窪地から少し離れたところには、古い避難小屋が昔のままにあった。黄色のトタン板で出来たかまぼこ形の小屋で、彼はそこまで登ってザックを降ろした。小屋には誰もいなかった。訪問者ノートの記録によると最後にひとが来たのは三日前らしく、世間に忘れられた場所、万歳！　なんて書き込みがある。壁に吊るされた六つのベッド、中央に置かれた小ぶりのテーブル、次の利用者に使ってもらうための物を入れておく小さな戸棚。狭い小屋のなかはそれでもういっぱいだった。夕食にするにはまだ早かった。彼はTシャツを替え、汗まみれのほうは外で干そうと思い、日光でほんのりと温まったトタン板の上に広げたのち、風に飛ばされぬよう石をひとつ載せた。それから小屋の戸を閉じて、窪地に戻った。

沼の周りを歩くと名前を知らない蝶が何羽もいた。蛙が泥のなかに産んだゼリー状の卵も見つけた。水を飲むユキスズメを見ながら、彼はその場所の昔の姿を思い出そうとした。氷河の末端とそこから勢いよく流れ出る水。融解水特有の、あの金属的な色。一度、父親と一緒にその流量を推測し、いったいどれだけの氷が毎分、毎時、毎日解けるのかを計算したことがあったが、はじき出された値はファウストには信じられないほど大きかった。

本当にそんな勢いで解けているのなら、こんなふうにずっと同じ状態でいられるはずがないではないか。そう思った記憶がある。あのころの彼は、氷河が永遠にそのままそこにあるものと信じており、氷河は山の一部であって、この先いつ自分が戻ってきても、同じ岩壁と空のあいだにあるはずだと信じていた。一方、父親はそこで起きていることを既に理解していたから、息子にこう告げた。何かが消えて、別の何かがその後釜に座る。世界はそんなふうに出来ているんだよ。ただ我々人間ってやつは、どうしても以前にあったものを懐かしんでしまうんだ。

本当にそうだね、パパ。ファウストは思った。そして日が暮れるまで、そこで父親のことを考えて過ごした。

24　愛さえあれば

こうしてシルヴィアは、埃と汗まみれになって小屋まで登ってきた彼と再会することになった。丸めた寝袋を縛りつけたザックを背負い、いつもの緑のチェックのシャツを着てやってきた彼は、なんだか若返ったようで、覚えていたよりハンサムだった。冬のあいだは彼をハンサムだと思ったことなんて一度もなく、せいぜい、わたし好みの悩み多き男ね、という程度だった。ところが今の彼は格好よかった。夏という季節のおかげでもあれば、二日間、山を歩き回り、あの避難小屋に泊まったためでもあれば、フォンターナ・フレッダからセッラ小屋まで歩いて登るという、ちょっとした冒険に成功したおかげでもあったのだろう。小屋の前で、彼女は衝動のままに彼にキスをした。周囲には四千メートル峰をやっつけて着替え中の登山者が何人もいたが構わなかった。昼食時で、のんびりおしゃべりをしている暇はなかったけれど、キスだけはじっくりした。歯も、舌も、両手も、使えるものは総動員して、たっぷり一分はかけた。登山者たちから拍手が湧き上がった。

これぞキスってもんだね。ファウストは言った。

今までどこにいたのよ？

実は森のなかで仕事をしてるんだ。

森のなか？　あとでゆっくり聞かせて。お腹は減ってる？

ぺこぺこだよ。

さあ入って。

正午の山小屋は出発する者と戻ってくる者でごった返していた。広間も、壁の古い写真も、料理のにおいも、汗と古い木材のにおいも、ファウストの記憶どおりだ。ただ、別のところが彼の子ども時代とは違っていた。かつての登山客は中年の男性ばかりで、たいていはイタリア語かフランス語かドイツ語を話し、実際、小屋のなかの貼り紙はどれもモンテ・ローザ共通の三言語で記されていた。ところが今は若者ばかりで、それも世界的な大都市ならばどこでもいそうな多様な顔ぶれだった。その結果、貼り紙の表記も簡潔に英語だけになっていた。

シルヴィアは彼を窓際のテーブルに座らせてから、フォンデュソースのタリアテッレパスタとワインを半リットル持ってきた。

今、ちょっと忙しいの。でも、あと一時間で上がれるから。

だいじょうぶだよ。シェフはどんなひと？

ネパール人よ。自家製パスタの魔術師なの。

きれいだよ、シルヴィア。

嘘ばっかり。きったない頭してるでしょ？

ファウストはパスタを食べながら、ほかの席の人々を眺めたり、氷河から戻ってくるパーティーを窓越しに眺めたりした。たいていの登山者はもうザイルを解いていて、脚を引きずる者もあれば、歓喜の表情を浮かべている者もあり、やけに得意そうな者もあれば、今にも倒れそうな者もあった。トイレ小屋の陰で吐いている男もひとりいた。赤いセーターに山岳ガイドのバッジを着けた老いたガイドに連れられて、雪合戦をしながら戻ってくる三人の少年たちもいる。ほら見ろ、ああいう子どもたちは今もいるじゃないか。彼はグラスのワインを空けた。標高三五〇〇メートルで飲むと二倍は効く。普通のバルベーラなのに、強いポートワインでも飲んでるみたいだった。シルヴィアは広間の向こうの席に料理を出し、キッチンに戻って、同僚の娘とおしゃべりしているところだ。その娘がこちらを見て、にこりとした。話題は察しがつく。彼は笑顔を返し、かしこまって帽子を取る仕草をした。パスタを三皿持って通りかかったデュフールまで彼に気づいて足を止めた。

やあ、来たね。小屋の主人は言った。

はい、家から歩いてきました。

家ってどこだい？

フォンターナ・フレッダです。

ほほう！　元気だな。

ここの手前でばてちゃいましたけど、なんとか着きました。

じゃあ、どんどん食べてくれ。おかわりもできるからね。

ファウストは皿に残った溶けたチーズをパンで拭って平らげ、最後の一杯をぐっと空けると、壁に背中をもたれ、ひと息ついた。窓を見れば、午後の雲がたれこめようとしている。ワインと、山小屋の温もりと、上ってくる霧と、疲れた脚とで、座ったまま眠ってしまいそうだった。目を閉じれば、まるで昔に戻ったような気がした。いや、昔よりもよかった。今の彼にはこの場所にまつわる思い出がいくつもあるからだ。山小屋《リフージョ》ってやつはこうでなくちゃいけない。ファウストは思った。自分の物が何かそこに残されていると、ずっと居心地がよくなるものなんだ。

彼の手を取り、夢うつつから連れ戻したのはシルヴィアだった。仕事を終えた彼女はファウストを上の寝室に連れこみ、ドアに鍵をかけ、彼を丸裸にした。こうしてフォンターナ・フレッダの恋人たちは、冬の終わりに中断したところからやり直すことができた。彼女の目には彼の体が前より締まって、たくましくなったように映った。半袖焼けをして、松やにの香りもする。彼の目には彼女がひどく痩せてしまったように見え、かわいそうになった。このところずっと酷使されてきたのだろう、この体は僕がいたわってやらなければ、そんな気分だった。シルヴィアは彼の愛撫に身を任せた。

それからしばらくして、彼女がつぶやいた。今、自分の気持ちがよくわからないの。ここって最高に美しいけど、もの凄く厳しい場所でもあって。

だろうね。

パンを受け取るためにロープウェーの駅まで下りる時にわたし、小屋の少し下でいつも足を止めて、花を眺めるの。ほら、苔の上に咲く小さな花、稜線で見たことない?

もちろん、あるよ。

いったい標高三五〇〇メートルでどうやって生き延びてるんだろう、っていつも不思議に思う。それから谷を見下ろすと、やけに青々としていて、生命感にあふれてて。あなた、森の香りがするわ。素敵。

彼女はそう言ってファウストの首とひげを嗅いだ。においを嗅がれながら、彼は目を閉じた。こんなにもやわらかな枕に頭を載せるのは生まれて初めてではないかと思った。やがて彼は言った。実はさ、このあいだ初めて木を切ったんだ。

ふーん。

樵たちに気に入られてね。シェフ、やってみな! って、いちばんいいチェーンソーを渡されて、いちばん細い木を選んでもらってさ。ねじ曲がった哀れな細い木だったよ。

うまく切れた？

うん、案外簡単なんだ。

それで、楽しかった？

ぜんぜん。山男になるには僕はどうも繊細過ぎるらしい。

ってことは、山男になりたかったの？

うん。君はなりたくないの？

シルヴィアは彼の脚のあいだに片脚を突っ込んで、抱き寄せた。いかにも彼女らしく強引に、毛布でも引き寄せるようにファウストにからみつく。彼はあまりにも眠くて、抵抗できなかった。

ごめんなさい。ひと肌が恋しくて。

構わないよ。

北極探検家になるにはわたし、寒がり過ぎね。

これで少しはましかい？

うん。眠い？

ううん、平気だよ。

口ではそう言ったものの、それからすぐにファウストは眠ってしまった。彼女はまだおしゃべりがしたかったが、なんとも気持ちよさそうにいびきをかいている彼を見ていたら、どうでもよくなってしまった。だから彼のこめかみに額を当てて、目を閉じた。彼女のほうもずっと疲れが抜けなかった。ふたりはそのまま二時間ぶっとおしで眠った。外では霧が立ちこめるなか、彼女は汚い髪のままで、彼は汗とおが屑とワインのにおいを漂わせて、眠った。

25 救助

上の階で恋人たちが眠るころ、下の階ではひと組の若い男女がカウンターに来て、小屋の主人に話があると告げた。デュフールは太陽光発電のバッテリーを点検しているところだった。今日はもうパネルに日が当たることもないだろうし、そろそろディーゼル発電機を回さねばならない。彼は作業をいったん切り上げると、カストレから下りてきたばかりだというふたりの話を聞いた。カストレの山頂でふたりは単独行の紳士に会った。もう若くはなく、恐らくは六十代、ただし、そのルートは毎夏登っているから、もう庭のようなものだと語ったそうだ。一方、若い男女にとっては初めてのルートだった。ふたりは結婚したばかりで、新婚旅行に小屋泊の山歩きをしていたのだ。山頂で三人は結婚について軽い冗談を言いあい、紳士は、妻はもうだいぶ前から一緒に山に来てくれなくなってしまった、と言って新郎をうらやみ、登りで拝見したけどずいぶんと健脚だね、と新婦を褒めた。

それからすぐに紳士は出発したが、別れ際に、ではまたあとで、どうせ下りの途中で君たちに追いつかれるだろうから、と言った。ふたりはさらに十五分ほど山頂に残り、少し食糧を口に入れ、登頂記念の写真を撮りあうなどしていたが、霧が上ってきたのに気づいて下山を始めた。実際、霧は瞬く間に上ってきて、頂上からの稜線を下りきる前から、ふたりは霧に包まれてしまった。それでも、ルートを示す踏み跡はきわめて明瞭だったのでハイペースで下り続けたが、奇妙なことに、紳士にはいつまで経っても追いつかなかった。小屋で会えるものかと思っていたが、やはりいない。もう下りちゃったのかもしれないよ、と夫は言った。すると妻は答えた。でも、一応伝えておいたほうがいいわ。それが山のマナーってものでしょ。そうですよね？

そう、君の言うとおりだ。デュフールは認めた。彼は手を布巾で拭きつつ、胸のうちでつぶやいた。やれやれ、またか。

昨晩の宿帳を確認すると、ひとり客の予約は二件のみだった。片方はオランダ人で、もうひとりがイタリア人。そこで後者に電話をしてみたが、通じない。考えられる理由はいくつもあった。そう、理屈の上では。だが現実には、問題の人物が恋人とスイスに駆け落ちをして、携帯電話は途中でクレバスに投げ捨てた、なんてケースは過去に一度もなかった。デュフールは何本かほかの番号にも電話をかけた。横で耳をそばだてている若い夫婦を追い払う気にはなれなかった。ロープウェーの到着駅にも、いちばん近くにある別の山小屋にもかけた。霧のせいで男性が見当違いの方角に下りた可能性もある。ヘリコプターの基地にも電話をして、雲が切れたらすぐに飛び立てるよう、待機を要請した。しかしそうしながらも、彼自身、今日のうちに雲が切れることはまずないと知っていた。最後に広間に目をやった。客のなかにひとり、若い山岳ガイドがいた。頭が切れ、スピードもある男だ。そのガイドと夫婦を連れてデュフールはキッチンに入り、大鍋を洗っていたパサンも呼んだ。報告を受けたばかりの状況を若いガイドとパサンに説明してから、デュフールは夫婦に尋ねた。男性の服装は覚えているかな？

覚えてません。夫が答えた。

黄色いジャケットを着ていました。妻は答えた。頭は白髪で、ひげも白かったわ。あと、青い帽子を被ってました。

お前たちで登って、様子を見てきてくれ、デュフールはパサンたちに指示を出した。ヘリは今のところ飛べない。じきに雲が切れるかもしれないが。

パサンと若いガイドは午後の緩んだ雪面をものともせず、もの凄い速さで歩きだした。ふたりの姿が小屋から二十メートルのところで霧に飲み込まれるのを見届けると、デュフールはそのままキッチンに残り、氷河に面した、今は霧しか見えない小窓の前に陣取った。人目につかず、落ちつける部屋がほかになかった。あとは待つしかない。

適当に座ってくれ。彼は若い夫婦に言った。お茶もあるから。

やっぱり、もう下りちゃったんじゃないでしょうか。夫が言った。

かもしれない。そうであることを願おう。

山岳救助隊に電話をしなくてもいいんですか。

ああ、わたしが救助隊員なんだ。

それを聞いて若者は恥ずかしそうな顔をし、腰を下ろすと、それきり口を開かなかった。

その妻はカップをふたつ取ると、玉じゃくしで大鍋のお茶を注いだ。

そうして待ちながらデュフールは考えていた。まったく、六十にもなって、この尾根を単独行なんてどうかしてないか？　それにいったい誰だ？　どうして俺はこうも客のことを覚えていない？

つまり、君たちはハネムーンで山小屋を渡り歩いているんだね。

ずっと前からの夢だったんです。娘は答えた。

ここに来る前にどこに行ったの？

まずグラン・パラディーゾに行って、それからここです。来週はドロミティです。

なるほど。もうちょっと天気のいいところへ行こう、氷はもうたくさん、ってわけだね。

デュフールはあと二回、問題の男性の電話番号にかけ直してみたがつながらなかった。

スイスの天気予報を確認すると、今晩まで曇天と低気圧が続くという。広間に客が続々入ってくるのを見て、彼は思った。当番の割り当てを組み直さないと駄目だな。夕食のメニューはなんだったっけ？

四十五分後、パサンから無線連絡が入った。ボス、誰かが下りていった踏み跡を見つけました。

今どこにいる？

稜線の真ん中くらいです。あの曲がるところ、わかります？

わかる。事故が起きるのはいつもあそこだ。パサンとガイドが四十五分で到達したのは、ベテランの登山者でも通常、倍は時間がかかる地点だった。

どっちに下りてる？　こっち側か、それともスイス側か？

こっちです。

どこまで下りてるか、見えるかい？

何も見えません。

デュフールは窓の外を眺めながら無線で話していた。何も見えないのは彼にしても同じだった。パサンの声は目の前の濃い霧のなかから聞こえてくる。

ボス、ふたりで下りてみようと思います。

アイススクリューは十分あるか？

はい、あります。

気をつけてくれよ！

実のところ、パサンにあれこれ指示をする必要などなかった。あのシェルパは彼が過去に出会ったなかでも最高の山岳ガイドなのだから。正確で、スピードがあり、けっして冷静さを失わない。しかもラバのように強い。ネパールで初めて会った時、パサンは八十キロの荷を背負っており、エヴェレストの氷塔帯《セラツク》では本能的にルートを見出してみせた。デュフールは心に決めたものだ。この男は傑物だ。絶対にうちの小屋に連れて帰ろう。

踏み跡ですって？　娘は言った。どうしてわたしたち気づかなかったのかしら。

僕は、道に迷っちゃいけないって、それればかり考えていたから。その夫が答えた。

仕方ないさ。デュフールは慰めた。君たちはよくやったよ。

パサンの声が言う。岩場の上まで来ました、ボス。

踏み跡はまだあるか？

ここで途切れてます。落ちたようです。

下りられるか？

はい、やってみます。

そこはたいした斜面ではないはずだった。デュフールは現場の地形を思い浮かべ、たとえ滑り落ちたとしても、運がよければ止まれるはずの場所を探した。骨折は確実だろうが、あそこなら命は助かるかもしれない。だが、それも紙一重の差だ。打ち所が悪ければおしまいだろう。

やがてパサンが告げた。ボス、見つけました。死んでます。

今どこだ？

岩場の下のほうです。

娘が泣きだした。若者は青ざめている。デュフールは訊いた。死んでるって、どうしてわかる？

見ればわかります。

お前のいるところから、どのくらい離れてる？

すぐそこです。真下に見えます。

そこまで行けるか？

ええ、たぶん。

無線機を手にデュフールは待った。耳には娘の嗚咽が聞こえている。ふたりをここで待たせるべきではなかった。ハネムーンが台無しじゃないか。やがてまたパサンの声が聞こえた。ボス、着きました。頭が岩で割れてます。

パサンは山で遺体をたくさん見てきたから、落ちついたものだった。デュフールもヒマラヤの死者たちのことは覚えていた。八千メートル峰の征服に世間が熱狂していた時代の話だ。墜落したか、疲れ切って動けなくなった者たちの遺体は、冷たい空気に守られ、迎えに来る者もなくそのまま放置された。だって死人を運び降ろすのに命を賭ける価値などあるだろうか。岩に腰かけた日本人男性の遺体を彼は思い出した。カンチェンジュンガに登るルートの途中だ。風のおかげで雪は被っていなかった。霜で顔を覆われているだけで、そこに一年か二年は前から座ったままとのことだった。

吊り上げましょうか、ボス？

そこまで、どのくらい下りた？

二百メートルというところです。必要なら、できますけど。

もちろん、パサンならやってのけるだろう。遺体にザイルを結び、二百メートルの斜面を引きずり上げるくらいのことは。デュフールは夫人のことを考えた。夫とはもう山に一緒に来なくなってしまったという、遺された妻のことだ。まだ家でのんびりしているのだろうが、その安寧はまもなく終わる。なんて最悪な仕事だ。彼は恨めしかった。いっそのこと氷河なんて全部いっぺんに解けてしまえ。それで一件落着じゃないか。

彼は尋ねた。そのひとのザックはあるか？

あります。

ポケットを探してみてくれ。身分証のたぐいがあるはずだ。

財布を見つけました。携帯もありますが、壊れてます。

みんな持ち帰ってくれ。もう戻っていいぞ。

遺体はこのままで？

ああ、構わない。明日、ヘリで回収しよう。

了解です。

帰りも慎重にな。

無線機は沈黙し、デュフールは時刻を確認した。午後四時。まだまだやることがある。

夕食の支度もそうだが、電話も何本かかけなくては。

彼は新婚夫婦に勧めた。君たちは少し休んできたらどうだい？　今日、下山しなきゃいけないのかな？　そうでないなら、今夜も泊まっていけばいい。

すると若者が言った。いったいどうして、あのひと、俺たちと一緒に下らなかったんだ？　こっちだって、ザイルをつなぎましょうって誘えばよかったのに！

君たちはよくやったさ。デュフールは慰めた。

娘は泣いている。

26　バベットの手紙

それはファウストがフォンターナ・フレッダで受け取る初めての手紙だったから、白い封筒に記された自分の名前と住所に彼はしばし見入ってしまった。部屋を出て、向かいの草地で手紙を読むことにした。七月末の夕べ、干し草の収穫シーズンの真っ只中だ。天地返しをしてから、午後の太陽でよく乾燥させた草を梱包する作業の時間で、夏の空気はその香ばしいにおいで充ち満ちていた。

手紙は手書きで、こんな内容だった。

親愛なるファウスト

いいえ、わたしはしばらく帰りません。理由は、今いる場所が居心地いいからです。海は美しい碧色をしています。カワウが一羽、すぐそこの崖を巣にしたらしく、わたしは今朝からずっとその子を観察しています。新しい風景ならではの、ほっと息をつきたくなるような気分です。こんな気分は久しぶりです。見慣れた場所ではこうはいきません。いつもの眺めって親しみは覚えるけど、時に重苦しいものですし、そもそも目に入らなくなってしまって、しばらくそこを離れていたあとか、そこに初めて来たひとの瞳のなかにしか見えなくなってしまうから。そうと気づけば、自分も新参者だった時を思い出して少し悲しくなります。あのころはわたしもあんな目をしていたのにな、って。時とともに、きれいな部分も、汚い部分も、何もかもが当たり前になって、人間のいやらしい部分は以前ほど気にならなくなり、大地の美しさはただそこにあるだけの存在になります。

でも逆に、そうして慣れきった者しか真の意味で見ることはできないのではないか、とも思うのです。一切の感情をその視線から拭い去ったあとだからです。感情は色眼鏡みたいなもので、ひとの目をごまかします。山について語ったこんな禅の言葉を知っていますか。「禅に親しむまで、自分にとって山はただの山であり、川はただの川だった。禅を学びだしてからは、山はもはや山ではなく、川は川ではなくなった。しかし今、安心の境地に達してみれば、山はまた山に戻り、川はまた川に戻った」。たぶんだけど、あなたとわたしにはこの逸話がよく理解できるんじゃないかしら。だってフォンターナ・フレッダは、わたしたちが自分で与えた意味だらけの場所だから。野も、森も、石造りの家々も、そんしにとって、山は元の山に戻りました。今のわたしにとって自由を意味していたころは、牧場の雌牛まで自由の象徴に見えたものです！　でも山そのものにはなんの意味もなくて、ただ石が積み重なっているだけで、そこに水が流れたり、草が生えたりしているだけ。今のわたしにとって、山は元の山に戻りました。

でも、そうは言ってもね。今、あなたがそこにいてくれるのは嬉しいのです。いつか誰かに言われました。フォンターナ・フレッダはあんたが来るまで寂しい場所だった、って。喜んで行くような土地じゃなくて、閉鎖的で、見捨てられたような場所だったのに、あんたのおかげで優しい空気が少しは戻ってきた、って。そんなふうに言われるのって素敵だったけど、いつのまにかそれがまた新しい檻になっちゃった。やっぱり、あんたがいなきゃ駄目ね！　なんて言われるようになって。まるでフォンターナ・フレッダをどうにかするのがわたしの義務みたいに。だからあなたが来てくれて、わたしはほっとしたんだと思います。このひとはこの土地に惚れこんでる、ってわかったから。わたしにしても今だってフォンターナ・フレッダのことは好きだから、この先どうなるにせよ、いいひとにあとを任せられたのが嬉しいのです。

新しい仕事は見つかりましたか？　あんなふうにいきなり放り出して悪かったとは思っています。でも、直感でぱっと決めちゃうことってありますよね。元気でね、ファウスト。お酒はほどほどにしてください。生きていれば色々ありますが、あんまりくよくよしない

あなたは凄く腕のいいコックでした。うちの店では今までで最高のコックだって、わたしし、言ったことありましたか？　あの素敵な女の子は逃がしちゃ駄目ですよ。こと。それと、
ラブ&ピース。

バベットことエリザベッタ

27　失われた町

お酒はほどほどに、と、過去のことでくよくよしない、についてはまだ努力の余地があったが、シルヴィアの元には夏じゅう通った。体力も付いて、二時間弱で登り、一時間で駆け下りられるようになったので、仕事を終えてからセッラ小屋に向かい、彼女と夕べを過ごし、一緒に寝て、翌朝にはまた伐採現場に戻ることもあった。恋人に会いに北極へ行くのだ、そう思うとわくわくした。ロープウェーの乗車券売り場の女性は、彼が営業時間の終了間際にやってきて、登山客が下りのゴンドラからぞろぞろ降りてくる横で、反対側のゴンドラに乗り込む姿に見慣れた。やがてロープウェーは沈黙し、午後の静けさのなか、ファウストはただひとり、古い登山道を歩きだす。その道には彼だけのたくさんの思い出と意味があり、夕暮れの光のなか銀色の水をたたえる池があり、意外な時刻に人間が現れたので驚くアイベックスの群れがいた。野生の山羊は横たわっていた岩からいっせいに立ち上がり、必ず一頭の雄が鼻を鳴らして威嚇をしてきた。しかしそのころにはファウストはとっくにガレ場を越え、大きなザックを背に梯子をよじ登っているのだった。急げば、山岳ガイドたちがアペリティフを楽しむ時間にも間に合った。小屋で働く人々のために彼は毎回、パンや新聞、新鮮な野菜や果物を買っていき、キッチンが忙しそうなら手を貸した。夜になるとアリアンナは別の部屋に移ってくれた。デュフールはずいぶん前から彼には勘定を払わせなくなっていた。

ファウストが小屋にもたらす陽気な空気にはちょっとした感染力があった。だからシルヴィアもある朝早く、氷河の散歩に行こうという彼の誘いにうなずいてしまったのだ。ふたりは小屋の後ろ、キッチンの小窓の明かりに照らされたガレ場で身支度をした。アイゼンを履き、ハーネスを着け、十メートル間隔でザイルで結びあうと、ファウストは残りのザイルを輪にして肩にかけた。ふたりが歩きだしたのは、空がもう白み、モンテ・ローザの各ルートに連なるヘッドランプの明かりがひとつまたひとつと消えていくころだった。

しかしファウストはパサンではなかった。彼は自分のペースでどんどん進み、シルヴィアはそのあとに懸命に着いていく格好となった。最初の三十分、彼女は、青みがかった雪に残された踏み跡と、ふたりを結ぶザイルだけを見つめて歩いた。ザイルが張り過ぎてハーネスを引っ張られることもあれば、逆に緩み過ぎてアイゼンで踏みそうになることもあったが、いずれの場合もファウストは振り返らなかった。あたかも、暗黙の了解のうちに、彼はひたすら先を急がねばならず、彼女はふたりのあいだのザイルが適度に張った状態を維持せねばならぬことになってでもいるかのようだった。とはいえ、シルヴィアはそれでも構わなかった。高度順化は済んでいたし、寒くもなく、小屋からの長い緩やかな登りを歩くうちにリズムもつかめた。クレバスをふたつ、ひとつ目は迂回し、ふたつ目は凍結した雪の橋を渡って越えた時も、ほとんど意識しなかった。足取りは軽く、心臓と肺も快調で、呼吸の乱れも収まっていた。

やがてファウストのほうが足を止め、ザックを降ろした。そしてピッケルを自分用に一本と彼女のために一本、取り外した。

だいじょうぶかい？

うん、平気そう。でも、どう思う？

トレーニングしたんだね。

そうでもないけど、床掃除で鍛えられたのかな。

見てごらん、あれが君の小屋だよ。

シルヴィアは谷を振り返った。クインティーノ・セッラ小屋が遠くに見えた。発電機の青っぽい煙、朝もやのなかで輝く窓。改めて見れば、結構な数のパーティーを追い越していた。緩やかな登りはそこまでで、この先はずっときつい傾斜が待っている。行く手の斜面はまだ全体が影のなかだ。

お茶、飲まない？

今はいいわ。ありがとう。

じゃあ、もう行こうか。

うん、せっかく体が温まってきたところだし。

いいかい、ピッケルは左手、ザイルは右手に持つんだ。ここはちょっと大変だから、ゆっくり行こう。いいね？

いいけど、あなたのゆっくりは信用できないな。

急斜面の踏み跡は氷にうがった階段の連続だった。一段一段が高くて、シルヴィアの膝近くまである。だから左足を一段上げてから、右足も同じ段に引き上げる、というふうに登るしかなかった。平地を歩くには短過ぎるピッケルが、今は斜面の山側に差せばちょうどいい長さだった。踏み跡の方向が変わり、左に折れれば、シルヴィアはファウストを真似てピッケルを右手に持ち替えた。その辺の理屈は教えられずとも理解できた。相当な急斜面を登りやすくするために踏み跡がつづら折りになっているのを見て、彼女は思い出した。そう言えばシーズンの初めは、雪が降るたび、デュフールかパサンが登り返してルートを踏み固めていたっけ。斜面の途中で休んでいたふたり組の若者が先に通してくれた。二番手の青年が身を屈め苦しげな息遣いをする横で、先頭の相棒は、来週は海だぞ！　水着の女の子たちが待ってるぞ！　と元気づけている。

いいね。でも、お前とは行かないよ。そんな返事が聞こえた。

斜面を登りきると、いきなり日光にさらされ、シルヴィアは驚いた。そこには太陽と朝の空があり、目の前ににわかに開けた広い視界の先には、いくつもの氷河と峰々があった。稜線上をさらに進み、小さな頂をひとつ越えると、その向こうに思いがけず広くて、のんびりした感じの平地が待っていた。そこまで下りてから、踏み跡がふた手に分かれるところでファウストは足を止めた。一方は西のカストレに向かい、もう一方は東の双耳峰、リスカムに向かっている。どちらも世界中の登山者がやってくる有名な稜線だ。ふたりが登ってきたものよりずっと規模の大きい氷河が一本、モンテ・ローザの逆側の斜面を北に向かって下っているのも見える。

ここがフェリクの鞍部？

そのとおり。

じゃあ、もう四千メートルは越えたってこと？

うん、だいぶ前からね。それから、ご紹介しましょう、こちらがかの高名なるゴルナー氷河、ゴルナーグレッチャーです。

大きいわね。どこに向かってるの？

どこって、ローヌ川さ。そしてレマン湖。それからリヨンに行って、最後はプロバンスだ。

凄い。

父さんはここに来るたびに僕に尋ねたものさ。さあ、ローヌ川の雪とポー川の雪を見分けてみろ、そんなことができるものならな、って。分水嶺がどうのって話がお気に召さなかったらしいんだな。

つまりはそこがあの、失われたフェリクの町、なのだった。シルヴィアにとっては人生初の四千メートル峰だ。ふたりの足元には、朝日が届いたばかりの下界が遠くかすんで見え、青い惑星がまたざわめきだしており、辺りを見回せば、あの凍てついた惑星の地表が輝いていた。モンテ・ローザの峰々はどれも剣で切り落としたような形をしている。その稜線を登っていくパーティーも一隊ずつはっきりと見えた。何もかもがやけに明瞭でシンプルなその眺めのおかげで、彼女はいつかのパサンの答えを前とは違うふうに理解し始めた。なるほど、雪、風、太陽か。

今、何時？　彼女は尋ねた。

七時だ。そろそろカプチーノでも飲みにいこうか。

もう下りるの？

うん。でも、今度は君が先頭だよ。

もう少しここにいたいな。

また今度ね。いいかい、下りは腰を落として、かかとでしっかりと雪を踏みしめるんだ。

待って、とシルヴィアは言った。そして、かかとで雪を踏みしめる前に、何でも勝手に決めてしまう愛しのリーダーの唇にキスをした。アイゼンが邪魔しようが、ザイルが絡もうがお構いなしに、ローヌ川の雪とポー川の雪の見分けがつかないその場所で。

28　深酔い

彼はそれを「大掃除」と呼んでいた。大掃除シーズンの春はとっくに過ぎていたが。何しろ娘と喧嘩をしたので、娘の母親が相変わらず帰ってこないので、ファウストが彼を置き去りにしてまた山に行ってしまったので、その上、事故から四カ月が過ぎてもまだ靴ひもさえまともに結べなかったので、おなじみの手段に頼ろうと決めたのだ。わずらわしい悩みは全部とっぱらって、すっきりしようじゃないか。まずはカップの半分までジンを注ぎ、残り半分はフォンターナ・フレッダの湧き水――氷河からじかに届く聖なる水――で満たした一杯でスタートし、八月の昼下がりを延々と飲み続け、次第に時間の感覚を失い、水割りの加減もあいまいになって、水のほうが多くなったり、ジンのほうが多くなったりしたが、西洋杜松の味わいに変わりはなく、彼の魂の錆を落とし、垢を落としながら、喉を下っていった。元夫、元森林警備官、今となっては恐らく元圧雪車乗りで、両手は無用の長物と化し、脂肪で血管が詰まりかけた男。そんな、サントルソこと、ルイージ・エラズモ・バルマのすべてをジンは洗い清めてくれた。サントルソと言えば、アイルランド出身の昔の修道士、聖オルソ《サントルソ》と同じ発音だが、なんでもかの聖者は故郷の緑の島からこの辺りまで来て、山の民に混じって隠者になったらしい。隠者か、それもいいな。彼は外を眺め、ふと気づいた。カップを一定の高さまで上げると、天地のひっくり返った山がジンの水面に映って見えるではないか。また一杯、水割りを作るころには、自分の現状の見え方まで変わってきた。ジンに映せば、元が頭につく彼の経歴のひとつひとつが自己解放のためのステップに見えたのだ。そうか、俺は結婚から解放され、制服から解放され、勤めから解放されたんだな。何がどうなろうと必ず生き延びてみせるさ。チェーンソーを一台とじゃがいも畑をひとつだけくれ、あとはなんとかするから。賢明なる娘に煙草は取り上げられたが、引き出しに隠しておいた葉巻き《トスカーノ》の存在を彼女は知らなかった。とっておきの葉巻きをくゆらせるにはぴったりの機会ではなかろうか。何せ、隠者の守護聖人であらせられる、このサントルソさまが解放されたんだからな。俺に岩屋《バルマ》をひとつくれ、石垣は自分で積むから。トスカーノを一服すると、うまい煙草の味が口のなかで西洋杜松のそれとひとつになった。

その時、壁に飾ったあのクロライチョウの剝製が目に入った。彼はカップを置き、剝製を壁から下ろすと、そいつを抱えて午後の日差しのなかに出ていった。散歩帰りの観光客が道を行き、その子どもたちが畑の干し草ロールのあいだで遊んでいる。サントルソも金槌を握るくらいならできたから、家の前の唐松にクロライチョウを釘で打ちつけた。そして部屋に戻り、バルコニーに出て、自分の作業の出来を確認した。手にはまたカップを持ち、歯にはまた葉巻きをくわえて。ほら、お前はもう自由だぞ。ライチョウよ、飛べ。隣の谷の生意気な雄でも見つけて闘え、べっぴんの雌でも見つけて雛をたくさん作れ。どうして三十年ものあいだ、俺は一度もあいつを放してやろうと思わなかったんだろう。こうして外に飾ったほうが、ずっといいじゃないか。その時、草原の向こうを、タンクトップ姿の金髪娘たちが歩いていくのに彼は気づいた。お嬢ちゃんたち、俺に挨拶もなしにどこへ行こうってんだ？　彼女らがいなかったならば、彼も次の行動は思いつかなかったことだろう。山男は思った。いや、まだ駄目だな、お前はぜんぜん自由じゃない。相変わらず唐松《ブレンガ》に釘付けだ。この老いぼれとまるで同じじゃないか。

彼はなかに戻り、家畜小屋に向かうと、十二番ゲージの猟銃を抱えてまた外に出た。上下二連式の散弾銃だ。腕前が落ちたかどうか、いっちょう見てやろうじゃないか。右手を開いては握りを繰り返して、指をほぐす。おい、ライチョウよ、こいつを覚えてるか？　あの時と同じ銃だぞ。彼は散弾銃を構えた。狙いを定めるには片目を閉じる必要があるが、おかげで助かった。二羽見えていたクロライチョウが一羽になったからだ。右手の人差し指は、引くべきところをきちんと引いてくれた。バン！　大口径が吠える。バン！　八月もなかば、真夏の空に響き渡った二発の銃声はふもとのトレ・ヴィッラッジまで届き、怯えた母親たちが草原の我が子を連れ戻そうと走りだした。

29　石積み

八月十五日の聖母被昇天の祝日から数日が過ぎたころ、ふたりの女性がクインティーノ・セッラ小屋にたどり着いた。ふたりは山岳ガイドをひとり雇って朝からゆっくりと登りだし、午後になってやっと到着した。どこの頂に立つつもりもなく、セッラ小屋が目的地だったから、ふたりはそこでガイドと別れた。ガイドはロープウェーの最終便に乗るため急いで下りていき、彼女らは大部屋に用意された自分たちのベッドを探しに向かった。事前にふたりは電話で小屋に、バスルーム付きのツインはあるかと問い合わせをしていた。それはキッチンで笑い話の種にされるありがちな質問のひとつで、傑作ですらなかった。それでもふたりは二段ベッドに不平も言わず、シーツを敷き、毛布を広げると、広間に戻って茶を飲みだした。ひとりは灰色の髪を結ってまとめ、丸首のセーターを着ており、もうひとりは金髪で、いかにも寒そうにカップを両手でぎゅっとつかみ、小屋のゴムサンダルとは不似合いなイヤリングをしている。シルヴィアは上の階から下りてきて、ふたりにすぐに気づき、いったい誰だろうと思った。彼女はあくびをひとつしてから、エプロンを着け、チャオ、金曜日《ヴェネルディ》、とネパール人に声をかけた。

チャオ、森の女。

今夜のメニューは何？

トマトのパスタか野菜のポタージュ。メインディッシュは角切り牛肉の煮込み、つけ合わせはマッシュポテトかほうれん草のタルト。

ダルバートはいつ作ってくれるの？

九月になったら！

なんでもかんでも、九月になったら、なのね。

小屋は超満員で、夕食は六時半と七時半の二回転あり、彼女は九時まで息をつく間もなかった。そして登山者の胃がみな満たされると、仕事もようやく落ちついた。外に出て氷河と星空を眺める者もあれば、寝酒を楽しみながらトランプに興じる者もあり、明日に備えて装備の点検をまだしている者もわずかにいた。そこでまたシルヴィアは例のふたり連れの女性に気づいた。今はデュフールが同じテーブルに着き、地図を広げて何か説明している。彼が山岳ガイドではない誰かと同席するのを見たのは初めてだった。するとあのふたりはいったい誰なのだろうか。灰色の髪の女性のほうが会話には熱心だった。金髪の女性は小屋のノートをめくっており、目が赤く、心ここにあらずというふうだ。やがてシルヴィアは不意に理解した。あの日からひと月が過ぎ、何百、何千という登山客が去来したが、あのノートには読むべきものなど何ひとつないことを彼女は知っていた。カストレで逝った紳士は自分の名前すらそこに書き残さなかったのだから。何ページも延々と書く客もいれば、迷惑をかけてはいけないとでも思うのか、黙って目を通すだけの客もいるのだ。デュフールがふたりと話し続ける横で、シルヴィアはテーブルに朝食の食器を並べていった。やがて発電機を止め、客には寝てもらう時刻になった。

金髪のほうが奥さんよ、とアリアンナが寝室で教えてくれた。もうひとりは友だちだって。

誰かが亡くなると、いつもこういう感じなの？

だいたいね。そのうち奥さんか、子どもが来るわ。両親が来る時のほうが辛いな。

お父さん、偉いね。

あれも仕事のうちだから。

ママが死んだ時、神父が来たの。でも、わたし会わなかった。

お母さん、熱心な信者だったの？

まさか。特にその神父とは犬猿の仲だったし。ママ、教会のやり方は卑劣だって、よく言ってた。

じゃあ、会わなくて正解だったね。

翌朝は穏やかな晴天だった。八月の高気圧のなせる業だ。風もないこんな日は、氷河さえごくありふれた場所に見える。ふたりの女性は朝食を済ませると外に出て峰々を仰ぎ、既に遠くを歩いている登山パーティーを眺めた。金髪の女性はセッラ小屋の周囲を回り、古いほうの小屋を眺め、死者の名を刻んだいくつもの青銅のプレートを眺め、氷河に暮らす小鳥を眺め、チベットの小旗を眺めていたが、その様子は、探し物がどこにも見当たらないとでも言いたげだった。友人のほうは日なたのベンチに腰かけている。そこへ、シルヴィアがバケツとモップを手にトイレ小屋から出てきた。

おはよう。灰色の髪の女性がシルヴィアに声をかけた。

おはようございます。

ここって凄く眺めがいいのね。

そうですね。

あの、下のほうで光ってるのは何かしら?

ノヴァーラにある工場だそうです。朝のこの時間は必ず光るんです。霞《かすみ》さえ出ていなければ、もうちょっと向こうにミラノだって見えるんですよ。

ミラノが?

シルヴィアはバケツを置いて指差した。どんな話をすれば驚いてもらえるかはとっくに承知だった。見上げているひと、見下ろしているひと、それぞれのための話題がある。

あそこに並んでいる山、見えますか？　ぽつんと離れているのがモンヴィーゾで、あの山のこっち側がトリノです。それと、あそこに見える水色の線は霞じゃなくて、リグリア沿岸のアペニン山脈の支脈です。つまり、あの線の向こうは海なんです。

海。

こんな高い山で海の話をするのって、やっぱり変な感じですよね。

女性はシルヴィアをまじまじと見つめた。自分の話し相手が若い娘であることにようやく気づいたという顔だ。これもシルヴィアにとっては初めての体験ではなかった。ひと晩じゅうテーブルに料理を運び続けても、彼女の顔など一瞥もしない客は珍しくない。単なる給仕扱いなのだ。それが時には、たったひと言、たったひとつの仕草で、にわかに別人に見えてくるらしい。

あなた年はおいくつ？

もうすぐ二十八です。

ここの仕事はもう長いの？

六月に始めました。この夏が初めてです。

勇敢なのね。

シルヴィアは地面のバケツを手に取った。顔には出さなかったが、おかしくて仕方なかった。実際、百二十名からの登山者が使ったトイレに突入するのは相当に勇気がいる。しかもほぼ全員がお腹を壊しているのだから。彼女自身、来た当初は目の前の婦人と同じように考えていた。山小屋暮らしの現実がまるでわかっていなかったのだ。

金髪の女性がやってきて、会話は途切れた。氷河にも服喪にもぴったりな、濃い色のサングラスをしている。ふたりきりにしてあげようと思って、シルヴィアは立ち去ろうとした。ところが金髪の女性のほうが声をかけてきた。ちょっといいかしら？

なんでしょう？

石積みがずいぶんたくさんあるけど、何か意味があるの？

あると言えばありますね。

どういうこと？

いちばん背の高い石積みは、うちで働いているネパール人が作りました。仏教徒の祭壇みたいなもので、お祈りを書いた小さな旗を何枚も吊るすんです。

どれもぼろぼろになったあの布のこと？

ええ。でも、ぼろぼろになるのが逆にいいんですって。あのひとたちにとっては、祈りが風で散り散りになるということなので。

じゃあ、周りの低い石積みは？

ここにいらっしゃるみなさんが積んだものです。理由は知りませんけど。

なんとなく積んでいくってこと？

シルヴィアは肩をすくめてから、言葉を続けた。ほら、午後って結構長いんですよね。だから単なる暇つぶしなのかもしれません。じゃなきゃ、自分もここに来たぞ、っていう記念のつもりなのかも。

彼女は自分の口ぶりがパサンのそれに似てきたのに気づいた。気持ちとしては、何かもっと優しい言葉をその女性にかけてやりたかった。でも、相手の亡夫のことなど自分は何ひとつ覚えていない、それが実際のところだった。シルヴィアにしてもあの時は、前の日の晩に見かけた顔をひとつひとつ振り返ってみたけれど、次の日にはまたたくさんの客がやってきたし、遭難事故はしょっちゅうあったから、あの事故も早々とただの一例になってしまった。なかにはひどく突拍子もない事故もあり、霧の日の単純な滑落事故などそのうち話題にもならなくなってしまうはずだった。

あなた、仏教徒なの？　灰色の髪の女性が尋ねてきた。

違います。先ほどお話しした仲間はそうですけど。

それからシルヴィアは言った。すみません、仕事がありますので失礼します。

しばらくして彼女は、小屋のなかから、外で石を積んでいるふたりの姿を目撃した。ガレ場の石を集め、ひとつずつ重ねている。その意味はあのふたりにしかわからない。午前のかなりの時間を費やし、ふたりは高さ一メートル近くある立派な石積みを完成させた。

ことによると冬も越せそうな、がっしりした塔だ。シルヴィアが最後に見かけたのは、勘定を払おうとしている彼女らの姿だった。デュフールは一銭も払わせまいとし、結局、スタッフへのチップだけを受け取った。そして十一時ごろ、ふたりを下山させる役目のガイドがやってきた。

30　避難小屋

　ファウストは父親から、山の沢水には五つの声があり、その声は時刻によって変化するという話をよく聞かされた。今は第三の声、力強い午後の声が勢いを失い、第四の声へと変わるところだ。日が落ちると、まるで上流で水門を閉じたみたいに水音はずっと静かになる。氷河の足元のあの窪地には、そこまで来ている秋の気配が漂っていた。八月には、沼に群生する綿菅《ワタスゲ》の花がいっせいに咲いた。水面から伸びる茎のてっぺんに今は白い綿毛がぶら下がり、無数の綿毛が標高三千メートルの風に揺れるさまは、まるで綿花畑のようだった。

　かまぼこ形をしたトタン板の小屋のなかで、ファウストはまずキャンプ用携帯コンロの火を点け、オピネルのナイフで玉ねぎをみじん切りにしつつ、乾燥きのこをぬるま湯で戻しているところだ。彼のザックからはほかにも、米、粉末ブイヨン、高地牧場産のトーマチーズ、ネッビオーロのボトルが出てきた。シルヴィアは上段のベッドで赤ワインを飲みながら、彼を眺めている。ふたりは今回その避難小屋で待ち合わせた。彼女はセッラ小屋の常冬から下りてきて、彼はフォンターナ・フレッダの短い夏から、あるいは短い夏の名残から登ってきた。

ねえ、料理を作るのにうんざりすることってないの？

ないね。というより、作っていると気持ちがとても落ちつくよ。

ってことは、普段はいらいらしているわけ？

いらいらはしてないな。少し不安なだけで。

仕事のこと？

それもある。秋の気分のせいだとは思うんだ。書くべきか、それともやめておこうか、この冬は何をしようか、ってね。

バベットはあのお店をもうやらないと思う？

たぶん。

最近、少しは書いたの？

うん、少しは書いた。

ちなみにあなたは料理をしながら、誰と一緒にいるの？　わたし？　それともお伴はきのこと玉ねぎだけ？

きのこと玉ねぎ、そして君と一緒さ。

それなら許してあげる。ワイン、注いでくれる？

ふたりが夕食を口にするころには、外はたそがれていた。残照のなか、カモシカが何頭か住み処の岩場と尾根から水を飲みに下りてきた。避難小屋から距離を置き、普段より大回りして進む。カモシカも秋の気分ならばよく知っていた。草は味気がなくなりつつあったし、そろそろ最初の銃声も聞こえてくるだろう。秋になると、人間はとても危険な生き物になる。

ファウストはザックを開け、くしゃくしゃになった包みを出した。誕生日おめでとう。

ごめん、リボンがこんなになっちゃって。

あらシェフ、ありがとう！　驚いたわ。

よかった。

中身は何かしら？

花束さ。さあ、開けてみて。

包みから出てきたのは、ファウストが執筆に使う黒いノートのひとつだった。最初のページにタイトルが記されていた。『フォンターナ・フレッダ三十六景』そして、こんな献辞があった。「僕の北極探検家さんへ、愛をこめて。F」その先は短い章がいくつも手書きで綴られている。読みやすいようにと極力丁寧に書いたのがわかる文字だった。シルヴィアはページをぱらぱらとめくってみた。雷が落ちた木の話、季節外れの雪の話、伐採の話……

少しどころか、しっかり書いていたのね。

絵は得意じゃないからさ。

でも、本当にもらっちゃっていいの？

もちろん。言っておくけど、一点物だからね。

そんな資格、わたしにあるのかな。

キスをしてもらう資格は僕にあるかい？

どうしてこのふたりは寒い場所でばかり愛を交わすのだろうか。狭くて、とても快適とは言えない避難小屋だが、その長い生涯を通じ、ほかにも恋人たちを目撃してきたのは間違いなかった。たいてい服をなかば着たままで、よく日焼けをしていて、脚はくたくた、頭はべとべとで、やけに臭う、避難小屋と山小屋が好きな恋人たちを。窪地に夜の帳が下り、気温が何度か下がった。岩だけは日中に吸収した熱を放ち、夜気のなかでもほんのりと温かい。

風で吹き飛んじゃった避難小屋の話って、どんなだったっけ？　彼女は尋ねた。

こうさ。昔々、ここととそっくりな小さい避難小屋がありました。ところがひとりの男が秋にドアを開けっぱなしで出ていってしまいました。次の春、そこにはコンクリートの基礎しか残っていませんでしたとさ。これ、実は僕の話なんだ。

嘘おっしゃい。

君はこの秋、どうするの？

十月は林檎の収穫ね。

そうか、林檎の季節だもんね。

そのあとはわかんない。わたしも二十八だし、いい加減、この先どうしたいのかも決めないといけないとは思ってる。

それなら、僕と君でどこかに小さな山小屋を見つけて、ふたりで経営するっていうのはどう？

山小屋を？

実はかなり前から考えていたんだ。

拝聴しましょ。

僕は料理をする。君はカウンターに立つ。小さな小屋でいいんだよ。ふたりでやるのにぴったりなくらいの。

コックとウェイトレスってわけ？

嫌かい？

あなたって、どうしようもなくロマンチストね。

避難小屋の恋人たち。ロマンチスト過ぎる彼、今後の生き方を決めたい彼女。未来を語りあうふたりを乗せたベッドは、ベッドと呼ぶのも恥ずかしいような、宙吊りの寝床に過ぎず、しかもぼろ小屋は悪天に見舞われている最中だ。それでも、ファウストがだいぶ前からそのアイデアを温めていたというのは本当だった。計画は慎重に練ってあった。今や彼は、早くもシルヴィアに向かって、借り手がつかず、何年も前から閉じたままの山小屋がいくつもあるという話をしだし、有名な登山ルートからは外れた、標高のさほど高くない、小ぶりな山小屋の候補を説明し始めていた。そのうちどれかをふたりで借りて、共同経営しようよ。必要な仕事なら僕らは全部とっくに覚えた、そうだよね？　彼の提案はプロポーズではなかったのかもしれないが、すれすれの内容だった。

シルヴィアは彼に身を寄せたまま、一枚でぎりぎりふたりを覆っている寝袋の下で、話に耳を傾けていた。このひと、また先走ってるわ。そう思った。氷河を歩いた時と同じだった。先頭の彼が後ろを振り返りもせずにどんどん進むせいで、彼女のほうはハーネスをザイルで引っ張られて大変だったあの時と。でもあまりに素敵な夕べだったので、異議を唱えて台無しにするのは惜しかった。だから、あくまで夢物語か、ファウストお得意の男女の物語のつもりで聞いていたら、話が終わる前に眠ってしまった。

31　雪崩予防柵

夜のあいだに嵐が来て、朝には、バルコニーに出しっぱなしだったコップのなかで蠅が一四、指二本の深さの水におぼれ死んでいた。娘が淹れた薄いコーヒーを飲みながら、彼は畑のほうを眺めた。わら色の草地が広がり、空は元どおり霞もなく晴れ渡っている。光が変わってきたな、そう思った。薪作りに精を出すべき時だ。その時、バスルームのドアが開いて、彼女が出てきた。白いシャツに黒いズボン、胸ポケットにはホテルの紋章、頭はきっちりシニョンにまとめている。

日曜まで仕事なのか？　サントルソは尋ねた。

日曜だろうが、月曜だろうが、変わらないでしょ。そっちは何するつもり？

そうさな、チェーンソーの目立てでもするか。

今日はライチョウ狩りはしないの？

その頭、職場でそうしろって言われてるのか？　せっかくきれいな髪をしているんだから、少しは自由にしてやれよ。

自由にって何よ？　髪はほどくものでしょ。行ってきます。

ああ、気をつけてな。

彼は娘が車に乗り込み、道路に出て、最初のカーブの陰に消えるまで見守った。勤め先のプール付きホテルを目指して、カテリーナの車は控えめなスピードで、きちんと道路の右側に寄って走っていく。あれで本当に俺たちの娘なのだろうか。それから彼もザックと双眼鏡を持って家を出た。ほんの数日前に樵たちが下りてきた小道を進む。伐採現場の撤収が済んだ森は明るかった。大量の枝が唐松の足元に山積みにされ、丸太は等級別に山をなしている。ひと晩続いた雨のあとで、朝の日差しに丸太が湯気を上げていた。彼はおが屑のじゅうたんを越え、ファウストが焚き火をするのに使っていた黒焦げの石の横を通り、農道で牛飼いのトラックとすれ違った。男は車を停め、窓から肘を突き出した格好でサントルソにこんなことを訊いた。黒谷から登るつもりかい？

体が言うことを聞けばな。

うちの牛どもがどこにいるか見てきてくれないか？

上にいるのか？

二十二頭いる。昨日の嵐で怯えちゃいないかと思ってな。

わかった。

そうだ、ついでに鶏を一羽、昼飯用に撃ってきてくれよ。

馬鹿野郎。

森林限界を超えると、涸れた沢にぶつかった。川底の石と砂利がむき出しだ。ただし周囲の草地は緑色に戻りつつある。後遺症が強いる新しい歩調に彼はまだ慣れることができずにいた。さりとて何十年も慣れ親しんできたかつての歩調を保つこともかなわず、ペースを上げればすぐに息が上がってしまう。実際、今朝も二度ほど、もうやめよう、ここで下って、チェーンソーの手入れでもしようや、と自分に言い聞かせた。しかし彼は頑張った。一時間、足元の小道だけをにらんで歩いた。そして、花のしおれたゲンチアナが草地に生えているのを見て、結構な高さまで登ってきたことに気づいた。ゆっくりこのまま歩き続ければ、ヨーロッパ一の高さにあるマルゲリータ小屋にだってたどり着けるぞ。そう思った。小屋のやつらは言うだろう。おい、下から来るあのじいさんを見ろよ。芝刈り機みたいにのろいが、たいした体力だな、って。

黒谷の源頭では、アルプスマーモットの群れから甲高い鳴き声で歓迎を受けた。沢水が沼になったところで、あの馬鹿野郎の牛が水を飲んでいるのを見つけた。どれも一歳か二歳のまだ乳の出ない雌牛で、八月と九月の二カ月、こうして高地の牧草地になかば野放しにするのだ。最初はどの牛も不安がり、どこを歩いてもびくびくしている。それがひと月もすると野生化して、人間を威嚇するようになり、言うことを聞かせるのもひと苦労という場合もあった。サントルソは雌牛の頭数を確認した。十三頭。嵐のあいだに群れがばらばらになってしまったのだろう。谷のどんづまりの、痩せた草地を彼は登っていった。普通の丘に毛が生えた程度の斜面だ。ところが尾根を挟んで反対側の斜面は切り立った崖になっていて、ふもとの家々が危うく雪崩に飲まれそうになった事件を受け、数年前、おびただしい数の雪崩予防柵が設置された。予防柵は開いた傘を逆さまに置いたみたいな姿をしている。そこは彼が例の事故に遭った現場でもあったが、そうして戻ってきてもなんの感慨も覚えなかった。彼にしてみれば、自宅の階段で足を滑らせたのと大差ない話だからだ。

スキー板をなくした場所がわかったので辺りを探してみると、片方はガレ場にあった。シールはぼろぼろだが、板は無事で、ビンディングもまだ使える状態だ。もう片方は落としてしまったから、どこか下のほうにあるはずだった。彼は尾根の向こうに顔を出し、下をのぞいてみた。

なんてこった《ディオ・ファウス》。思わず大きな声が出た。

九頭の雌牛はそこにいた。というより、そこには、カラスの群がる九体の死骸があった。雪崩予防柵にひっかかった格好で、尻から腹の辺りまで八つ裂きにされた骸《むくろ》もある。いちばんおいしい部分だけ平らげて、残り半分はカラスに残してやった、というわけだ。そのカラスは今、雌牛の鼻面にたかり、大きく口を開いた腹のなかにたかっている。どの牛もまだ首輪とカウベル、黄色い耳標は着けたままで、硬直した四肢を宙に突き上げ、舌が出っぱなしになった骸もあった。死してなお雌牛たちは愚鈍そうで、どうにも場違いだった。本来はカモシカとアイベックスの生息環境なのだから。それに今や、狼の領域でもある。

若い狼どもの仕業だな、とサントルソは思った。遊びで殺すのは若い狼と相場が決まっている。老いた狼は空腹でなければ殺さない。九頭を殺《や》ったのは単独のハンターではなく、群れに違いなかった。群れが一体となって巧妙に雌牛を尾根へと追い立て、次々に崖から落としたのだ。追いかける途中で、獲物の腹に、尻に、乳房に食らいついたのだろう。何せ相手はもはや身を守ることも、うまく逃げることも知らない。野生的な環境に置かれた家畜の悲しさだ。若い狼は散々楽しんだ挙げ句、腹いっぱいに食べ、今ごろどこかで胃を休めているのだろう。

惨劇の跡を片づけるにはヘリで何往復もする必要がありそうだったが、すぐに森林警備隊に通報するつもりなどサントルソにはなかった。俺から銃を取り上げて、あざ笑った連中じゃないか。いい気味だ。その時、もう片方のスキー板が死骸のひとつのそばにあるのに気づいた。そこまで落ちて、予防柵で止まったらしい。丈夫な草をまとめて握って手がかりにしながら、彼はゆっくりと下りていった。前回、落石に遭ったのと同じ岩溝だ。彼は自分の両手を信じ、両手は彼を裏切らなかった。やがてカラスが山男の周りでいっせいに舞い上がり、闖入者に抗議した。

32　林檎の収穫

果樹園でもブドウ畑でもなく、見慣れた工場の壁が列車の窓の向こうを流れ始めた時、シルヴィアは自分が目的地に到着したのを知った。黄色い、ぼろぼろの壁だ。あの壁のなかで彼女の祖父は長年働き、父親も生産拠点が海外に移るまで働いた。工場が閉鎖されると、誰かがスプレーで壁にこう記した。「あばよ、くたばっちまえ、でも待ってて」メッセージの宛て先は恐らく工場ではなく、列車で旅立つ恋人か誰かだったのだろうが、以来、シルヴィアにとってその落書きが彼女の帰郷を歓迎する文句となった。片耳のイヤホンを外すと、聞いていた曲が急に途切れた。

着いたわ。彼女は隣の席の若者に告げた。

じゃあ、元気で。

音楽ありがとう。

いや、そんな。

彼女はザックを棚から下ろすと、通路を進み、学生や通勤者と一緒に下車した。そして九月の宵の穏やかな空気に驚き、道行く人々のサンダルと肩ひもに目を瞠った。彼女のほうはほんの数時間前まで雪を踏みしめていたのだ。シルヴィアとしては氷河を歩いて下り、ゆっくりと高みに別れを告げるつもりでいたのだが、今朝は小屋のゴミをふもとに運ぶヘリコプターが飛ぶ日で、しかもデュフールはシーズン末に積み重なった仕事のことで頭がいっぱいで、議論を試みるだけ無駄な日に当たっていた。やがて彼はシルヴィアとアリアンナを指差し、こんな指示を下した。次のヘリでお前たちは山を下りろ。はたしてその十分後、彼女はふもとのロープウェー乗り場の駐車場にいた。あっという間のことで、だまされて氷河から引き離された気分だった。アリアンナとは電話番号を交換し、そのうち一緒に旅行をしようと約束して別れた。春になったらね。

彼女は駅の外へ歩きだした。北極探検家は交差点に差しかかるごとに自分に注意を呼びかけねばならなかった。ほら、あれは信号よ。赤でしょ、よく見なさい。ほら、横断歩道よ。今や彼女の避難所《リフージョ》は背中のザックであり、いちばんの友は登山靴のなかの足だった。あの高みでひとつの技術を習得した足、指にかかとに足首に土踏まずからなる足、岩の上でも氷の上でも巧みにバランスが取れるようになった足だ。ところがその同じ足が、アスファルトの上では、車輪に比べてはるかに性能の劣る移動手段に戻りつつあった。ほら、あなたの地区よ。ほら、広場の二軒のバール、あれは麻薬の売人がいるベンチ、あれは白ワインとカンパリばかり飲む失業者たち。ほら、あれは青年クラブ、この地区を少しはいい場所にしたくて、あなたがしばらく頑張っていたころの活動拠点よ。でも市長が替わってからは、サッカーの試合をテレビ観戦するだけの場所になってしまった。花はどこ？こんな氷河にも、花くらい咲いているはずでしょ？

秋はどうするの、金曜日《ヴェネルディ》？

ネパールに戻るよ。トレッキングシーズンだからね。それから少し家族と過ごす。そっちは？

うん、わたしも少し家に帰ろうと思ってるんだ。

シルヴィアが帰ってきたのは、やっとその覚悟ができたからだ。彼女にしてみれば、とても長い逃避行の末の帰郷だった。ファウストにはこう言うつもりだった。先に進む前にいったんあと戻りしたいの。そうじゃないとわたし、このまま一生、逃げ続けることになるから。だからこそ今、彼女はそこで懐かしの団地と再会し、バルコニーと再会し、中庭と再会しているのだ。ほら、あれは子どものころに絶対入っちゃ駄目って言われてた地下駐車場のランプ。ほら、車輪のない自転車のフレームは今もそこに転がってるし、ゴミ袋の山だって相変わらず嫌なにおいを放ってる。北極探検家は自分の子ども時代がそのまま残っているのを見て目をうるませ、子ども時代のほうも、戻ってきた彼女を見て驚いていた。

シルヴィアじゃないの！　二階のバルコニーで洗濯物を干していた婦人が声をかけてきた。

お久しぶり、メリーナ。

本当、久しぶりね。帰ってきたの？

うん、しばらくいるつもり。

そんな大きなリュック背負って、どこに行ってたの？

山よ。

涼しかったでしょ？

そうね。

お父さんによろしく言ってちょうだい。

必ず伝えるわ。

エレベーターではなく階段で上った。目指す六階の部屋は、その年、彼女が登る最後の頂となった。五階分、百二十段、標高差は十七メートル強といったところか。せっかく鍛えた脚をこのままなまらせるのはもったいないではないか。北極探検家はドアの前まで来た。今では父親の家である部屋のドアを前にした瞬間、なぜか彼女の胸に浮かんだのは、フェリクの鞍部であり、剣で切り落としたような峰々であり、彼方へと下っていく大氷河だった。ファウストの声も聞こえた。さあ、ローヌ川の雪とポー川の雪を見分けてみろ、そんなことができるものならな。彼女はその記憶に対して、どうか自分に勇気を与えてくれと願った。そして呼び鈴を鳴らし、髪を耳の後ろにかき上げると、証明写真ボックスに友だちと一緒に入った少女のように、ドアスコープを見つめて笑顔を作った。

33　じゃがいも畑

ファウストは眠れなかった。重大な選択をせねばならなかったからだ。屋根で音を立てる小雨に耳を傾け、目を閉じては、ほんの少しだけうつらうつらして、また目覚めるということを繰り返していたが、外が明るくなるとそれにも飽きて起き上がり、枯れた小枝をストーブにくべた。外では細かな滴が降り続け、雲が森を覆っていて、台所は逆流した煙でいっぱいになった。三十分ほどして窓際に戻ると、雲の切れ間に雪が見えた。初雪だ。標高二千メートルより上で降っているようだ。九月の雪なんて日が差せばすぐに解けてしまうだろうが、雪は雪だった。最後に降ったのはいつだったろう？　六月の頭か。ということは、まだ三カ月と少ししか経っていない。いつかサントルソが言っていたとおりだ。寒い三カ月が続き、そして凍てつく九カ月がやってくる。行き当たりばったりの季節はこれでおしまい、これからはストーブの季節、冬をいかにして乗り越えるか、知恵と計画が求められる季節というわけだ。そこで彼は山を下り、銀行の支店に向かった。

トレ・ヴィッラッジでは週に二度、たったひとりの銀行員が支店の窓口を開く。親切で辛抱強い男性で、ファウストに短期ローンの仕組みを詳しく説明してから、彼の収入、資産、担保の有無についていくつか質問をした。ファウストには担保になりそうなものなど何もなかった。銀行員は彼の口座の収支を確認し、画面の前で片眉を持ち上げて少し考える顔をしてから、支払い回数と金利の組み合わせの表をプリントアウトし、コピーを取るために身分証を求めた。ファウストは自分の身分証に記された「作家」の文字を恥ずかしく思った。銀行にとっては「コック」のほうがずっとよかったはずだ。結局、難しいこと抜きにすぐに貸してもらえる金額は、五年ローンで一万五千ユーロだった。預金と合わせれば二万七千ユーロになる。また借金を背負うことにはなるが、これで少なくともいくばくかの余裕をもって新しい商売を始められる。入った時より明るい気分で彼は銀行を出た。ファウストにしても作家の端くれだから、収入があった途端に、いや、収入の希望が見えた途端にそれを使いたくなるたちだった。だから金物屋に向かい、自分にひとつプレゼントをすることにした。買ったのは、梣《トネリコ》材の柄に薪割り用の重たいヘッドが付いた新しい斧だ。フォンターナ・フレッダに戻ったのは十一時前で、雲が千切れて上昇し、雨に濡れた森の上限を越え、高みの牧草地が見えた。うっすらと雪を被っている。

ジェンマがじゃがいも畑で作物の育ち具合を確かめていた。ファウストは道端に腰かけ、声をかけた。やあ、ジェンマ。

おはようさん。

ジェンマは雪は好き？

嫌いですよ。うんざりするほど見ましたから。

でも雪は必要だよね？

そりゃ、十二月の雪は必要ですけど、九月の雪なんてわずらわしいだけね。

山の上の牧場の牛はどうしてるんだろう？

雪の日は小屋を出ません。今日は飼い葉で我慢です。

へえ、知らなかった。

本音を言えば、彼女に聞いてみたかった。ジェンマはどう思う？　一万五千ユーロの借金をして、赤字のレストランの経営を継ぐなんてやっぱり駄目かな？　僕が料理を作って、その分、雇う従業員をひとり減らして、少し値段を上げたらなんとかなるだろうか。作業員メニューも一ユーロなら値上げを許してもらえるかな？

しかし口から出たのはこんな言葉だった。トリフォッレはうまく育ってる？

あら、方言を話すのかい？

ちょっとだけね。

作家先生が方言を話すのかね！

じゃあ、僕が誰だか知っていたんだね。

ジェンマは答えなかった。彼女はうつむき、雨で濡れたのを乾かそうとするみたいに、じゃがいもの葉を撫でた。老婆に気まずい思いをさせてしまったのに気づいて、ファウストはこう続けた。あの、薪は足りてる？　ほら見てよ、いい斧を買ったんだ。

本当にいい斧ね。

よかったら、手押し車で二杯分持っていこうか。

だいじょうぶですよ、十分にありますから。

その答えは嘘か、いずれにしても正確な事実ではないはずだった。なぜなら今朝、ジェンマの家の煙突からは煙が立っていないからだ。こんな日にストーブも焚かずにいるなんて、相当に我慢強いのだろう。とにかく薪を持っていってやろうと彼は決め、立ち上がると、さっそく新しい斧の切れ味を試しに向かった。

34　ふたたびの恋心

ああ、夏を見逃しちゃったな。見慣れた小さな高原まであと少しという地点で彼女は思った。ただしフォンターナ・フレッダの夏はいわゆる夏ではなく、むしろ春だ。季節の盛りが来たと思ったら、そのまま秋へと変わっていく春。変化のタイミングは、沢水の源である高みの雪が消え、草原の緑がすぐに黄ばんでくるからそれとわかる。バベットは三十五年のあいだ毎年心待ちにしてきた花の六月を見逃した。ホタルブクロにタンポポ、忘れな草にセイヨウノコギリソウがいつも花開く場所を見ても、もはや草を刈り、施肥《せひ》を済ませた畑があるばかり、エゾアカバナにしても枯れた茎が水辺に立っているばかりだった。レストランのドアを開くと、なかの様子は冬に彼女が出ていった時のままだった。流しのデミタスカップも、レジの脇に貼りつけた注文票も、例のごとく雑然とした店内も。彼女だってきれいに片づけてみたことは一度ならずあった。しかし最後には必ず混沌が勝ち、身の回りの物をやたらと散らかし、便利なはずの道具をただの置き物に変えてしまう彼女の悪い癖が勝った。バベットは契約書の入った封筒と鍵の束をふたつ、テーブルに置いた。明かりを点け、ラジオを点け、エスプレッソマシンのスイッチを入れると、レストランは息を吹き返した。そこで彼女はカラフをひとつ水で満たし、外に出て、テラスの哀れな鉢植えにも同じ奇跡が起きぬものか試してみた。この六カ月、誰ひとり水をやろうとは思わなかったらしい。薔薇とルピナスに水をやりながら辺りを眺めた。どれもひと気のない別荘、風に揺れるチェアリフト、高地牧場の小屋の煙突から立ち昇る煙、雪の縞模様が入った遠くの峰々。大好きなイサク・ディーネセンの文章を思い出した。ただし『バベットの晩餐会』ではなく、『アフリカの日々』のなかのこんな文章だ。「今やわたしはアフリカの歌を知っている。それはキリンの歌であり、その背に横たわる新月の歌であり、畑の犂《すき》の歌であり、コーヒー豆を収穫する人々の汗まみれの顔の歌だ――だがアフリカは、わたしのことを語る歌をはたして知っているのだろうか」。さて、フォンターナ・フレッダはわたしの歌を知っているのだろうか。

サントルソは十五分もせぬうちに彼女の帰りに気づいた。少し足を引きずりながら、テラスへと続く階段を上ると彼は尋ねた。今日はやってるのか？

やってないわ。

コーヒーの一杯くらい出せるだろう？

コーヒーはサービスしてあげる。でもバールはお休みだからね。

つまり、ここに座れってことか。

どうして？　なかに入りたかったの？

いや、外でも今日は暖かい。

じゃあ座って。機械がまだ暖まってないから、コーヒーはちょっと待ってね。

別に急いじゃないさ。

サントルソはプラスチックの小ぶりなテーブルのひとつを前にして座った。脇のパラソルは畳まれたままだ。バベットが店のなかに戻った時、自然と彼女のお尻に目が行ってしまった。三十五年前、バスから下りた途端、谷を丸ごとパニックにおとしいれた尻だ。冬に見た時より張りがある気がした。窓からそっとのぞけば、表情も以前より和らいだようだ。肌にそばかすまで浮き出ている。あいつのそばかす顔なんて見るのは、高地牧場で夏を過ごしたあのころ以来じゃないか？　真っ白な肌に赤毛のあいつは日陰のない牧場に出るたび、ひどい日焼けをしたものだった。このところサントルソは、旅先でバベットに男でも出来たんじゃないかと疑うようになっていたから、流しでデミタスカップを洗う彼女を観察し、変わったところはないか様子を探った。おい、老いぼれおまわり、お前の目は恋する女をまだ見分けられるか？　バベットは水道の蛇口を開くと、そのまま締めるのを忘れ、何やらメモ用紙に書きつけてから、エスプレッソマシンの汚れを落とすために蒸気を一度空撃ちし、そこでようやく流しの水に気づいて、誰が出しっぱなしにしたのかしらという顔をした。彼のなかの恋人疑惑は晴れなかった。ライチョウやオコジョのほうがずっとわかりやすい。やっと彼女が出てきた。二杯のコーヒーと一杯の水、そしてブランデーのボトルを一本載せたトレーをテーブルに置くと、バベットは彼の前に座った。

久しぶりね、ルイージ。

久しぶりだな、ベッタ。

入院してたって聞いたけど。

そうか、知ってたのか。

うん。で、具合はどうなの？

ぼちぼち、だな。

ぼちぼち、よくなってるの？

まあ、そんなところだ。

彼は両手を開き、また閉じた。歪んだままになった二本の指は隠した。彼女は自分のコーヒーに砂糖を入れ、彼はブランデーを垂らした。何も前と変わらないじゃないか。サントルソは思った。俺たちはシーズンオフの山のバールでテラス席に座る、当たり前の老いぼれカップルだ。何か気の利いたことを言いたくて、少し考えてから彼は口を開いた。お前がいないせいで、干し草の収穫は大変だったんだぞ。

干し草の収穫？　わたし、もう十年は手伝ってないけど。

十年？　もうそんなになるのか。

それで今年の出来はどうだった？

ひどいもんさ。どこもケイトウだらけでな。あの草は種が出来る前に刈らないと、次の年はもっとひどい。

じゃあ、今年はあんた、早めに刈ったの？

ふん、俺ひとりが先に刈ったって無意味だよ。

どうして？

種ってやつは飛んでくるからさ。

そっか。どうせみんな、早めに収穫しろって言ったって聞かないだろうしね。

そういうことだ。

彼女がコーヒーの前にまず水を飲むのを見て、彼は疑った。どこでこんな習慣を身に付けたんだ？　ギリシャか、それともスペインだろうか。コーヒーと水を一緒に飲むのはどこだったっけ？　彼はコーヒーを飲み干し、澱《おり》をゆすぐべくブランデーをまたちょっと注いだが、煙草は出さなかった。それは彼女も気づいた。このひと、煙草やめたのかな。さすがに少しは自覚あるみたいね。

彼は言った。あのな、狼が戻ってきたぞ。

じゃあ、噂は本当なのね？

ああ、それも一匹や二匹じゃない。

でも、狼がこの土地を取り戻したいなら、それはそれで別にいいと思わない？　どうせもう誰もいないんだし。

レストランを手放すって本当か？

手放すわけじゃないわ。貸すだけ。

ファウスに？

全部、知ってるのね。

でも、お前はどうするんだ？

お花屋さんでもやろうかと思って。

サントルソは彼女を見つめた。そばかすの下の肌が赤らんでいる。懐かしかった。その昔、彼は、嘘をつくのが下手な娘と結婚したことがあった。だから言った。嘘だな。するとバベットは吹き出した。なんてこった。彼は思った。こうして笑った顔は十七の時のままじゃないか。キスしてもいいか、という言葉が喉元まで出かかっていた。しかしバベットは立ち上がり、ボトルとデミタスカップを彼の前に残して、自分のレストランのなかに戻っていった。引き渡す前に、また少し散らかすつもりなのだろう。

35　丸太の競売会

　十月の森はいたるところハナイグチの黄色とベニテングダケの赤に彩られている。夏の陶然とするようなあの香りも、今となってはきのこと苔と枯れ草のにおいの陰でかすかに漂うだけだ。丸太は体積の計算と番号の割り当てが済み、五立方メートルごとの山に分けられて、それぞれの山のいちばん大きな丸太にペンキで番号がふってあった。番号は一番から二百番以上まであるが、競売会の朝に集まった買い手はたったの六人だった。そのうちひとりは狼に牛を何頭も食い殺されたあの牛飼いで、公正な競売の実施を監視に来た森林警備官と言い争っているところだ。

　狼に襲われたら、俺にだってやり返す権利があるはずだろう？

　狼が襲うのは牛だ。あんたじゃない。

同じことさ。

いいや、違うね。なんにせよ決めるのは俺じゃない。狼は保護種だ。あんたは補償金をもらって、おとなしくしてりゃいいんだよ。

補償金か！　あんなもの、コーヒー代にしかなりゃしない！

まあ、そう言うな。本当の問題は狼なんかじゃないんだろう？

九時になると市役所の女性職員が競売会の開始を宣言した。まずは一番目の丸太の山が競りにかけられたが、入札者はなかった。二番目と三番目も同じだった。開始価格はどれもひと山、百ユーロだ。職員が尋ねた。四番に入札される方はいますか？　しかし初めから三、四十番目までの山には、誰もほしがらない赤松が混じっている。たいてい幹が曲がっていて、松やにが多く、煙突のパイプに煤がへばりつく材だ。丸太の山はいくらでもあるのだから、よく燃える唐松のほうがいいと思うのが当然だった。おかげで職員はむなしく番号を読み上げながら、山道をかなり登らされる羽目になった。

ファウストにとってそれは、夏の日々を回想する時間となった。こうしてみんなで厚手の防寒着に身を包んで歩いていると、かつて同じ山の上まで夏が来たことがあるというのが信じられなかった。七月のあの暑くて気楽な日々が本当にあったなんて。いつも外で焚き火をして、手なんて松やにでべとべとで、じゃがいもの皮の山を狐がよく漁りにきて、樵たちの頭はおが屑だらけで。やあ、シェフ！　なんて呼ばれて。セッラ小屋のシルヴィアに会うために何度山を駆け登ったことか。市役所の職員は機械的に問いかけを繰り返すようになった。四十二番に入札される方は？　四十三番に入札される方は？　ひと夏をかけた作業の成果だというのに、この大量の薪が一立方メートル当たり二十ユーロにもならないなんて。

それで、名前はどうする？　サントルソが尋ねてきた。〈ディオ・ファウスト〉なんてどうだ？

いやいや、〈バベットの晩餐会〉のままにするよ。

バベットがいなくても？

僕がバベットになるさ。

それで、お前のあの子は店を手伝ってくれるのか？

ファウストは地面のきのこを蹴飛ばした。ただし、誰かが引っこ抜いてから、逆さにして捨て置いたきのこだ。わざわざそんな真似をする人間の気持ちがまるでわからない。シルヴィアとは何日か前に電話で話をした。でも、彼女の反応は期待していたものとは違っていた。

どうかな、気が向いたら来るんじゃないかな。

どうして？　向こうはやる気がないのか？

他人《ひと》がいったい何を望んでいるかなんてわからないよ。

まったくだ。

やがて一行は農道の近くまでやってきた。すると山男たちの購買意欲ににわかに火が点いた。四十七番に入札される方は？　はい、とひとりの男が答えた。もっと高い値段をつける方は？　今度は誰も答えない。それは本当の意味での競売ではなかった。買い手のあいだで既に話がついているのだ。男たちはみな開始価格で、購入権のある五つの丸太の山を買った。どれもトラクターに積み込みやすい場所にある山だ。サントルソはいちばん上のほうの、日なたの山を買った。年輪の間隔が狭く、赤味のある硬い材が出来る場所だ。ファウストは百八番の山を買った。番号が気に入ったのだ。

そんな彼をサントルソは物憂げに見やり、こう訊いた。お前、ひと山しか買わないのか？

うん、十分だよ。

いいから、あと四つ買っておけ。

そんなに買って、どうしろっていうのさ？

切って、割って、薪にすれば、これが結構売れるんだ。俺が手伝うからさ。冬の前にもうひと働きしようや。

じゃあ、そうするよ。

結局、百八番から百十二番まで、ファウストも五つの山を買った。自分が木々の持ち主になったと思うと、なんだか奇妙な気分だった。実際にはもう普通の木ではなく、丸太の山でしかないにしても。職員は彼に市役所での支払いに必要な伝票を渡すと、競売会の終了を宣言した。百七十山以上の丸太が売れ残ったが、春になれば大手の業者が割引価格で引き取りにくるとのことだった。

36 唐松

またひと冬、スキー客を相手にウェイトレスをするなんて、わたしちょっと考えちゃうな、と彼女は言った。だって、そういう話じゃなかったよね？

とりあえず、ってことだよ、と彼は答えた。

とりあえずの仕事なら、わたし、この辺の飲み屋でまたバーテンでもやるし。

でもそこはフォンターナ・フレッダじゃない。

別にわたし、フォンターナ・フレッダになんかこだわってないから。

じゃあ、僕とのことは？

シルヴィアは答えなかった。下界でひと月を過ごしただけで、彼女の声はもうずいぶんと遠く聞こえた。ひとの山に対する考え方は、そこに暮らしている時と、遠ざかっている時ではずいぶんと異なるものだ。それはファウストも以前から気づいていたし、彼自身、経験があった。遠くで考えると、山の現実はぼんやりとした抽象的な概念になりはててしまう。森も家々も野畑も沢も動物も人間も、北斎の絵の奥に小さく描かれた富士山のようなな、てっぺんに雪を被っただただの三角形になってしまうのだ。

わたし、少しパパと一緒にいたいの。シルヴィアは言った。

そうか、わかったよ。

そっちは今、どんな感じ？

静かだよ。秋になっていちばん寂しいことってなんだと思う？　カウベルの音がもう聞こえないことさ。

十月のフォンターナ・フレッダって何をする季節なの？

丸太を切って薪にする。泉の水が涸れないことを祈る。じゃがいもを収穫する。このあいだ、ジェンマの畑を手伝ってね。全部で二百キロは掘ったかな。

ジェンマって誰？

ほら、うちの近所のお婆さんだよ。覚えてない？

思い出せないな。

一切がそんな具合で、彼女はフォンターナ・フレッダの記憶をどんどん失いつつあった。

それからふたりはまたレストランについて話しあった。従業員は何人雇うべきか、開店予定日はいつにしようか。するとシルヴィアは最後に、もう何日かだけ考えさせてくれと頼んできた。

クリスマス休暇の二週間だけ行こうかな。何も冬のあいだずっとそこにいなくたっていいでしょ？　手伝いには行くから。

ああ。

ねえ、怒らないで。

怒っちゃいないさ。

今夜はどんなご馳走を作るの？

自分ひとりのために料理をするのって気が乗らなくてね。卵をふたつばかりゆでるかな。

好きよ、シェフ。

僕もだよ。

それからほどなくファウストは電話を切った。バルコニーで話していたのだが、すぐに彼女の声が恋しくなった。森を眺めるうち、唐松の外側の枝の葉が黄色くなり始めているのに気づいた。唐松はフォンターナ・フレッダでいちばん多い木で、日光を愛し、風を愛し、南向きの斜面を愛する木だが、厳しい寒さは好まず、冷え込んでくると途端に冬眠する。一方、樅は平然としたもので、針葉を落とすこともなければ、衣替えに体力を浪費することもない。よく似たふたつの木だが、冬を越す戦略はこうも違う。今はまだ、落雷から落石にやられたか、工事で根を傷つけられた手負いの唐松に限り、葉が枯れる段階だが、幾日もせぬうちに森全体が黄色と赤に染まりだし、長い眠りに落ちるはずだ。そして濃い緑色をした樅がそこかしこで見張りに立つことになる。

ファウストは何かで読んだことがあった。木々は動物とは異なり、幸せを求めてどこかに行くことができない。どの木も種が落ちた場所で育ち、幸せになりたければそこでなんとかするしかない。自分の問題はすべてその場で解決するわけだが、それも、解決できる問題であれば、という話であって、できなければ死んでしまう。一方、草食動物の幸せは牧草を追って移動する。これはフォンターナ・フレッダでは一目瞭然の事実だ。三月は谷間、五月は標高千メートルの牧草地、八月は二千メートル付近の高地牧場、そして秋の控えめな幸せ、二度目の開花シーズンのためにまた下りてくる。それと比べると、狼はずっと不可解な本能に従って動く。サントルソによると、狼がなぜああも移動を繰り返し、落ちつかないのかはよくわかっていないのだそうだ。どこかの谷にたどり着き、仮にそこが獲物であふれていたとしても、何かが定住を妨げ、狼はそのうち、せっかくの神の恵みを放り出し、幸せを探して別の土地に向かう。常に新たな森へ、常に次の尾根の向こうへ、時には一匹の雌のにおいを追い、時にはどこかの群れの遠吠えを追い、また時にはそうした明確な目標はなくとも、ジャック・ロンドンが言うように、若き世界の歌をたずさえて。

なんにせよ、ファウストはあまりくよくよしないたちだった。シルヴィアもクリスマスには一応来るつもりのようだし、まあよしとしよう。そう思った。それに土日だって時々は手伝ってくれるかもしれない。それがふたりの望みならば、なんとかやっていく方法を一緒に見つけるしかないじゃないか。やがて彼は、肌に当たる十月の日差しのほのかな温もりに気づいた。無駄にするな、無駄にするんじゃないぞ、そう自分に言い聞かせると、ファウストは登山靴を履き、山に散歩に出かけた。

フォンターナ・フレッダの夢たち

その夜、唐松の森の予見したとおり、フォンターナ・フレッダの泉はどれも薄い氷で覆われた。天は澄み、星々が輝き、地では湿気が氷結して霜となった。ジェンマは日が暮れるとすぐにベッドに入った。夜が長くなればなるほど、毛布の下で過ごす時間も長くなる。それは彼女にとって夢の季節の到来を意味していた。現在は彼女を混乱させたが、眠りにつけばいつだって過去が鮮やかに甦った。その夜は少女に返り、戦争中に飼っていた子牛と、その子牛を連れ去った兵士たちの夢を見た。兵士たちは村の学校に駐屯していて、ジェンマの子牛を撃ち殺し、解体し、一晩中、どんちゃん騒ぎをした。彼女は拳銃の発砲音をふたたび聞き、雪を染める血をふたたび見た。八十歳の老女は七歳に戻り、母親に抱きしめられ、眠ったまま、滂沱と涙を流した。

旅行鞄の用意が出来た部屋で、バベットは南の愛人の夢を見た。それはいると言えばいるし、いないと言えばいない相手で、なかば事実、なかば妄想で出来た男だったが、とにかくあちらのテクニックが凄かった。キスは荒々しくて、触れる手は優しい。彼とならば彼女も自由になれ、なんでも好きなことを求め、好きなようにできて、しかも夢のなかのセックスは彼女を陽気にしたから、行為のあいだはふたりでよく笑った。ところがクライマックスを迎える前に目が覚めてしまった。こういう夢って、どうしていつもいちばんいいところで終わっちゃうの？　彼女は目覚めたまま続きを試み、一応は達したが、もはや別物だった。

サントルソはジンに酔って眠り、冷や汗を流し、肝の縮む思いをしていた。まだ見ぬあの狼の夢だ。ライチョウ狩りで山に行き、駆けだした犬を追いかけていたら、急にそいつが目の前に現れたのだ。辺りは雪景色だ。狼は悠然と座って、彼を見つめている。サントルソはすぐに構えられるよう肩にかけておいたはずのライフルを手前に回そうとするが、その手は宙をつかんだ。そこで、銃を没収されてしまったのを思い出した。耄碌した老人でも見るような目でこちらを眺めている狼をにらみつけ、彼は怒鳴った。なんだ畜生、俺が怖くないのか？　お前なんて毛皮の帽子にしてやるからな！　行っちまえ！　元いたところに帰っちまえ！

シルヴィアは郊外の六階の部屋で、セッラ小屋と氷河とフェリクの鞍部までの斜面を夢見た。彼女の前に、ザイルをつないで先行するパートナーはいない。ファウストもいなければパサンもおらず、誰かが残した踏み跡すらない。それでもシルヴィアはルートを知っていた。彼女はひとりであの斜面を進んだ。凍った雪面にアイゼンを食い込ませ、ピッケルでリズムを取りながら、力強く、確実な足取りで。失われた町まであと少しだ。

ファウストはその夜、あの老人の夢を見た。画狂老人だ。九十かそこらは行ってそうだった。老人は日本家屋の板間で床に紙を置き、絵を描いている。彼は老人を外から眺めていたが、同時に老人は彼自身なのだった。老成した画家は今や、線を三、四本引くだけで、思い浮かべた絵をものにできた。しかし、と画家は思うのだった。三、四本ではあるが、一本ではない。たった一本の線で富士から何から描けるようになれば、その時は自分もそれなりの達人になったと言えるのだろう。かたわらには彼の娘がいる。あるいは娘ほども若い妻なのかもしれないが、老人が絵を描き終わるたびに彼女はそれを取り上げ、また新しい紙を置く。その態度は優しくも、厳しかった。もう一度、と彼女は声に出すことなく老人に命じる。その髪は日本の女性らしい美しい長髪だ。黒くて、まっすぐで、つややかな、洗いたての髪だった。

彼らの夢はフォンターナ・フレッダの風景の一部だ。風になぎ倒された森、売れ残った丸太の山がそうであり、秋の涸れた沢、まだ雪を被っていないゲレンデに草を食べにくるノロジカの群れ、明かりが消えたままの別荘、干からびたブルーベリー、黄葉を始めた唐松、さまよい歩く牧羊犬、泉の水槽を覆いつつある薄い氷がやはりそうであるように。フ

そして、フォンターナ・フレッダはなかば現実、なかばひとの望みで出来ている。そして、フォンタ

ーナ・フレッダの周りには山がある。山はそんな人間たちの見る夢にはまるで無関心で、

彼らが目を覚ます時も変わらずそこにあるはずだ。

二〇二一年、フォンターネにて

この本をバルバラに捧げます。彼女こそは山小屋《リフージョ》の達人です。
そしてガブリエーレの思い出に捧げます。誰よりも先に、まるで唐松の大木みたいに、僕をこの山村に迎え入れてくれたのが彼でした。彼は今、風のように自由です。

この肉体は滅ぶとも
軽やかにわたしは行こう
夏の森のなかを。

原作者註

巻頭の題辞《エピグラフ》はバリー・ロペス『極北の夢』（ロベルタ・ランベッリ訳、バルディーニ・カストルディ・ダライ社、ミラノ、二〇〇六年刊、一四頁 ©1986 by Barry Holstun Lopez）からの引用です。

第十二章「異国にて」の引用はアーネスト・ヘミングウェイ *I quarantanove racconti*（ヴィンチェンツォ・マントヴァーニ訳、エイナウディ社、トリノ、二〇一八年刊、二七九頁 ©2015 Mondadori Libri S.p.A., Milano）に収められた「異国にて」からです。

第三十四章「ふたたびの恋心」の引用はイサク・ディーネセン『アフリカの日々』（ルチア・ドルディ・デンビー訳、フェルトリネッリ社、ミラノ、二〇二一年刊、六八頁）からです。

第十七章「絵葉書」で引用した北斎の言葉はアントニエッタ・パストーレに訳してもら

いました。ここに感謝します。

（訳者註、引用文の翻訳は、『極北の夢』を除き、原典および邦訳を参考にしつつ、基本的にイタリア語から重訳した）

訳者あとがき

大きな山のふもとに暮らす人々はなぜか優しい。これは日本でもイタリアでも変わらない。そう断言してみるのは単純に過ぎるだろうか。

美しいばかりではなく、時に非情なまでに峻厳な表情を見せる大自然。そのなかでいつでも泰然と動かぬ山々。そんな大きな存在のそばで暮らしていると、人間という生き物の小ささ、もろさ、はかなさが強く感じられて、巡りあう他人が愛しくなり、優しくなれるものなのかもしれない。

フォンターナ・フレッダの住人たちもやはり、みな優しい。

パオロ・コニェッティ（一九七八年、ミラノ生まれ）が二〇二一年に発表した本作『狼の幸せ』（原題 ***La felicità del lupo***）の主な舞台であり、ヨーロッパアルプスはモンテ・ローザ山塊のふもとにある小さな集落、それがフォンターナ・フレッダだ。

主人公は四人。

ファウスト（四十歳）はミラノに暮らす作家。大都会の住人ではあるが、幼いころから父親に連れられ、モンテ・ローザの峰々に親しんできた。十年来のパートナーだった女性と別れたばかりで、人生をやり直すために懐かしの山に戻ってきたところだ。

バベットはフォンターナ・フレッダ唯一のレストラン〈バベットの晩餐会〉の主人。仕事の当てもなくて困っていたファウストを見かね、コックとして雇うことになる。彼女自身、十代だった八〇年代にミラノでの暮らしに飽き飽きして、山に別天地を求めてきた人間だ。フォンターナ・フレッダに根を下ろして三十五年が経ち、そろそろ新天地を夢見ている。

シルヴィア（二十七歳）はバベットの店に住み込みで働く新米ウェイトレス。若い彼女は生き方を模索して旅を重ねるうち、冬のフォンターナ・フレッダにたどり着いた。夏にはどこかアルプスの高みにある山小屋で働いてみたいと考えている。

サントルソ（五十四歳）は生まれも育ちもフォンターナ・フレッダという生粋の山男。元森林警備官（日本でいう森林官に近いが密猟の取り締まりなども行う）で、冬はスキー場で圧雪車に乗っている。何かとややこしい人間の世界よりも動物の世界のほうが好きで、最近、隣の谷まで戻ってきたと噂の狼に会える日を心待ちにしている。ちょっと気難しい性格だが、自然についての豊富な知識でファウストを魅了する。

本作は、フォンターナ・フレッダにおける彼ら四人のおよそ一年間におよぶ交流を軸に、フォンターナ・フレッダ周辺の森、氷河に面したクインティーノ・セッラ・アル・フェリク小屋（標高三五八五メートル）、さらには四千メートル峰の白い稜線にいたるまで、モンテ・ローザの四季折々の自然の表情とそこに暮らす人々の喜怒哀楽を精緻な筆で描き上げた山岳小説だ。

モンテ・ローザはイタリアとスイスの国境、大まかに言えばツェルマットの南東、マッターホルンの東隣に位置している。モンテ（Monte）という言葉がイタリア語で「山」を指すため、イタリアでもひとつの山の名前と誤解されることがままあるが、実際は主峰デュフール（四六三四メートル）をはじめとした四千メートル級の山々が連なる山塊の名だ。アルプスでも屈指の規模を誇るゴルナー氷河など多くの氷河を擁しており、Monte Rosaという地名も、地元の古い言葉で「氷河」を指すroujaに由来し、「氷河の山」という意味であるとされている。しかし「夕陽で薔薇色に染まる様子が美しいから、薔薇（rosa）の山でモンテ・ローザ」というかつて主流だった説もなかなかに魅力的だ。

新潮社より関口英子氏の訳で刊行されているコニェッティの小説『帰れない山』と随筆集『フォンターネ　山小屋の生活』の読者は既にご存じかもしれないが、七八年生まれの作者は三十歳の時からもう十年以上、モンテ・ローザのふもとのアヤス谷ブルッソン村にあるフォンターネという集落の山小屋とミラノの自宅を行き来する生活を送っている。春から秋にかけてはフォンターネで山や森を歩いたり、薪を割ったり、畑仕事をしたり、友人たちと会ったりして過ごし、冬はミラノで、山で得た着想を元に執筆に取り組むことが多いそうだ。

フォンターネは標高約一九〇〇メートル、家はたったの四軒、住民は作者のみというごく小さな集落だが、そこから一〇〇メートルほど下ったところに三十軒ばかりの家々が集まったエストゥルというもう少し大きな集落がある。実はこのエストゥルこそ、『狼の幸せ』のフォンターナ

・フレッダ（一八一五メートル）のモデルであり、Il Pranzo di Babette、すなわち〈バベットの晩餐会〉という名のレストランもエストゥルに実在している。

かつてフォンターネに暮らし始めたころ、コニェッティはまさに本作の主人公ファウストのように作家として行き詰まり、このレストランで二年ほどコックとして働いたことがあった。

つまり、『狼の幸せ』は作者の実体験が色濃く反映された小説なのだ。

二〇一七年に『帰れない山』でイタリアを代表する文学賞であるストレーガ賞を受賞し、世界的な成功を収めたコニェッティは、次は恋愛小説を書いてみたいという想いを長いこと温めてきた。ファウストとシルヴィアというふたりの主人公の物語にすることも、ふたりの恋の行方も大筋はずいぶんと前から決まっていたが、どうしても最初の一ページから先に進めず悩んでいた。

二〇二〇年一月、コニェッティはそんな悩みを〈バベットの晩餐会〉の主人バルバラ・フェーディに打ち明けた。すると「いったん仕切り直して、あなたがここのキッチンで働いていたあの冬のことから書き始めてみたら？　わたしたち、ここで一緒に素敵な時間を過ごしたじゃない？」と勧められ、そのとおりにしてみると、はたして順調に筆が進みだした。最初はふたりだったはずの主人公は、バルバラをモデルにしたバベットと、やはりエストゥルで出会った山男たちをモデルにしたサントルソが加わり、いつの間にか四人となった。

ところが同じ二〇二〇年の三月九日から新型コロナウイルスの流行にともなうロックダウンが始まり、作者はミラノの家で長い「ステイホーム」を余儀なくされる。フォンターネの山小屋にこもるという選択もできたが、パートナーがミラノに住んでいるなど諸事情があって町に留まった。

町に住んでいても、思い立ったらいつでも愛する山々に帰れる自由を長年何よりも大切にしてきたコニェッティだから、ロックダウンの日々はさぞ息苦しいものになるだろうと思われたが、本作の執筆作業が大きな救いとなる。普段はミラノから一七〇キロ、車で二時間程度で着くのに、不意に〝帰れない山〟となってしまったモンテ・ローザへの強烈な郷愁とエストゥルの友人たちへの思慕の念が、彼の地を舞台にした物語を編むことの新たな動機となり、その作業自体が、コロナ禍の過酷な現実から彼を守る避難所《リフージョ》となったのだ。

『狼の幸せ』という題名も、ロックダウン中に書かれた物語であることを考えると、好奇心の赴くままに自由に、常に新たな土地を目指して旅を続ける狼たちの生き方への作者の特別な憧憬が感じられる。

そういった一連の背景から『狼の幸せ』はまさに「コロナ文学」と呼ぶにふさわしい小説であるように思う。


さらに本作には日本人読者にとってひとつ特別な価値がある。葛飾北斎の浮世絵『富嶽三十六景』が物語のモチーフとしても、小道具としても、極めて重要な役割を果たしているのだ。

ロックダウンのあいだ、作者は毎朝、『三十六景』のひとつを選んで観想し、時には模写もし、そこから得た着想を元に一章ずつ書き進めていった。

訳者に宛てたメールで彼はミラノでの執筆風景をこのように説明してくれた。「窓の外では、ミラノの町が人影もなく静まりかえっていて、通りを行き来するのは救急車と霊柩車ばかりでした。そして遠くにはモンテ・ローザの氷河が輝くのが見えました。つまり、本当に北斎の絵のなかにいるような気分だったんです。不動の山と、はかない浮世の暮らしを描いたあの瞑想的な傑作の風景のなかに僕はいました」

『富嶽三十六景』には富士山を背景に江戸時代後期の人々の風俗が描かれているが、「今この瞬間」を全力で生きる庶民の暮らしぶりと、そんな人間たちにはまるで無関心で、泰然自若として「いつも変わらずそこにある」山とのコントラストにコニェッティは強い印象を受け、彼もまた、モンテ・ローザを背景に今を生きる者たちの『三十六景』を書いてみたくなったのだそうだ。だから『狼の幸せ』は、以前から禅や仏教に関心を持っていたコニェッティならではの独特な感性と北斎の浮世絵との幸運な出会いから生まれた作品でもあるのだ。

三十六章＋エピローグという構成も明らかに『三十六景』を意識したものだ。事実、中篇小説でありながら、一章一章がまさに一幅の絵画のようにひとつの「風景」として完結しているような印象を訳者は受けた。いったん読み終わったら、気に入った章だけ短篇小説として読み返してみるという楽しみ方もできるだろう。

なお巻末にはエストゥルの〈バベットの晩餐会〉の主人バルバラとガブリエーレというふたりの友人への献辞があるが、『フォンターネ』にも登場し、本作のサントルソのモデルにもなったエストゥルの牛飼い、ガブリエーレは二〇二一年八月に急逝している。

「この肉体は滅ぶとも――」という短い詩は、北斎の辞世の句「人魂で行く気散じや夏野原（人魂になって夏の野原に気晴らしに出かけようか）」をコニェッティがアレンジして亡き親友に捧げたものだ。あの献辞を読み、その意味を知った時、訳者は本作がモンテ・ローザの友人たちへの愛情と感謝が凝縮された一冊であることを改めて感じた。

私事になるが中部イタリア・マルケ州に暮らす訳者も十年以上前から、二千メートル峰の連なるシビッリーニ山地国立公園を四季を通じて歩き、山麓に生きる山人たちと交友を重ねてきた。だから作者のように普段の生活圏を離れ、ひとつの避難所《リフージョ》としての山に向かいたくなる気持ちも非常によくわかる。帰ってきた、そう思える第二、第三の故郷があることの幸せ、そう思うことで生まれる心の余裕はなかなかに貴重だ。たとえそれが、また町に帰る人間のかりそめの感傷に過ぎないとしても。

北部のアルプスの氷河も四千メートル級の山々もいまだに縁がないが、作者の情景描写に耳を傾け、地形図を眺めながらその風景を思い描き、時には狼の遠吠えさえ聞きながら、一歩一歩、主人公たちとモンテ・ローザを登り、訳文を練る作業は至福のひと時だった。唐松の森や、氷河のクレバスのスノーブリッジや、白くたおやかな山稜を自分まで息を切らせて歩いたような気分になれた。いや、ある意味では、本当に歩いたのだろう。

そんな体験を日本の読者のみなさんにもお届けできたなら、訳者としてこれ以上の喜びはない。

モンテ・ローザへようこそ。

二〇二三年三月

モントットーネ村にて

訳者略歴　イタリア文学翻訳家　イタリア・ペルージャ外国人大学イタリア語コース履修　訳書『コロナの時代の僕ら』『素数たちの孤独』『天に焦がれて』パオロ・ジョルダーノ，『ナポリの物語［全４巻］』エレナ・フェッランテ，『リーマン・トリロジー』ステファノ・マッシーニ（以上早川書房刊）他多数

狼《おおかみ》の幸《しあわ》せ

2023年4月10日　初版印刷
2023年4月15日　初版発行

著者　パオロ・コニェッティ

訳者　飯田亮介《いいだりょうすけ》

発行者　早川　浩

発行所　株式会社早川書房
東京都千代田区神田多町２−２
電話　03−3252−3111
振替　00160−3−47799
https://www.hayakawa-online.co.jp

印刷所　中央精版印刷株式会社
製本所　中央精版印刷株式会社

Printed and bound in Japan

ISBN978-4-15-210227-0 C0097